ちゅぷ
ん。Look《こっちを見て》」
と薄く微笑んで、さらに深く初輝の親指を飲み込んでいく。
（どうしよ…。恥ずかしいのに、ふわふわして気持ちいい……）
ちゅぷ

年《とし》下《した》Dom《ドム》の溺《でき》愛《あい》コマンド

村《むら》崎《さき》 樹《たつる》
ILLUSTRATION：亜《あ》樹《き》良《ら》のりかず

年下Domの溺愛コマンド

LYNX ROMANCE

CONTENTS

年下Domの溺愛コマンド

デスクトップパソコンの画面に並ぶ、自社製品の新着アイテム一覧が霞《かす》んで見える。全身が気だるく、火照《ほて》ったように感じるのは、今日の睡眠時間が四時間を切っているからだ。

倉成初輝《くらなりはつき》はもう一週間近く、なかなか寝つけない夜を過ごしていた。デスクワーカーにとって十四時過ぎは魔の居眠り勃発《ぼっぱつ》タイムなうえ、ＥＣ《イーシー》事業部フロアに響くマウスのクリック音もまた眠気を誘う。どうせ睡魔に襲われるなら、日中ではなく就寝後一時間以内にしてほしいのだけれど。

（不眠の症状って何日くらい続いたら病院に行くべきなんだろ。こういうの初めてだから、基準がよく分からないんだよなあ）

初輝はあくびを噛《か》み殺すと、デスクの引き出しから目薬を取り出した。左右の目にさし、瞬《まばた》きをして薬液を馴染《なじ》ませる。

「もーっ、なにやってんの！」

悲鳴に似た叱責《しっせき》の声が耳に飛び込んだのはそのときだった。目薬の蓋《ふた》を閉める格好のまま、初輝は主人の怒声に硬直する飼い犬のように動けなくなる。

「子供はなにするか分からないんだから、ちゃんと見ててって言ったでしょ。どうするのよ、その床……」

フロアの隅に立ちうんざりした調子でこぼすのは、年下の女性社員である平塚《ひらつか》だ。平塚はスマートフォンを片手に周囲を見回し、足早に廊下へ向かう。「あれっ、なんでビデオ通話？」と不思議そうに電話を受けたのは、ほんの一分ほど前のことだった。

　ドアが閉まる音とともに声が遠退《とおの》くと、目の前の島でデスクワークに勤《いそ》しむ社員たちが、廊下のほうをちらりと見て口を開く。

「今日は旦那さんがお子さんの面倒を見てるんだったよね」

「パパが目を離した隙に、息子くんが床の上に小麦粉ぶちまけてたに一票」

「同じくパパが目を離した隙《すき》に、息子くんが床にお絵描きしてたに一票」

　子供がいる女性たちの予想は妙に具体的だ。苦笑とともにひっそりと息を吐き出した初輝は、そうやって緊張をほどく自分を奇妙に思った。

　まがりなりにも自分は主任の肩書を持つ二十九歳の男だ。ちょっとばかり部下が不機嫌になったからといって、小鹿のように震えるほど気弱な性格ではない。

（なんだろ、疲れが溜《た》まって神経過敏になってんのかな）

　デスクワークで凝《こ》り固まった首を解《ほぐ》すべく、初輝はうなじの辺りに手を置いてぐりぐりと指圧した。

　癒やしを求めるように目は自然と窓へ向くが、六月半ばの関東《かんとう》地方は梅雨《つゆ》に突入したばかりで、今日は午後になっても雨が降り続いていた。

　創業四十五年目を迎えた株式会社エルアールライトは、衣類や小物を販売するセレクトショップを運営する。都心にある二十五階建ての高層ビル内に本社を構え、その一室に初輝が在籍するＥＣ事業部があった。

　エルアールライトではセレクト品の仕入れはもちろんのこと、オリジナルブランドによる衣料品・

雑貨の開発にも力を入れていて、トレンド商品の提案と安定した利益の確保を両立させていた。国内の店舗は二五〇を超え、ファッションに興味がある者なら一度は耳にしたことがある、知名度・売上ともにセレクトショップの中ではトップクラスと言える会社だ。

メインとなるのは、二十代後半から三十代の男女を主要顧客としたユニセックスなカジュアルファッションレーベル「(L/R) ight《エルアールライト》」だが、ターゲットに向けてテイストを細かく変化させたレーベルは三十を超える。

そのため、自社ECサイトや多数の店舗が集うモール型サイト等、オンラインショップでの販売業務を担うEC事業部には、微妙にテイストの異なるファッションのスタッフが集まっていた。ECサイト運営はマーケティングを主にしたフロント業務と、商品の受注から発送に携わるバックエンド業務に分かれていて、初輝は後者のチームで主任を務めている。

間もなくして、廊下に出ていた平塚が戻ってきた。先ほどまできびきびと働いていた彼女は、まるでセール初日の激戦——買う側ではなく売る側の——を終えたかのような表情でデスクに着く。

「大丈夫だった？　電話、旦那さんからだったんだよね？」

思わず初輝が声をかければ、平塚はげんなりした顔で首肯《しゅこう》した。

「今日は旦那が休みだから息子も保育園を休ませたんだけど、おとなしく積み木遊びしてるなーと思った息子が、気づいたら床中にクレヨンで絵を描いてたみたいで……。うち賃貸ですよ、賃貸」

「よりによってクレヨンかあ……」

お絵描き説を言い当てた女性社員が神妙な面持ちで頷《うなず》く。

「あーもう帰りたくない……仕事して帰ってあの部屋が待ってるんだと思ったら一気にテンション下がる……」

ワークチェアの背もたれに身を預け平塚は天を仰《あお》いだ。初輝はちらりとパソコンの画面下に目を向ける。平塚は現在時短勤務中だが、それでも彼女の退勤時間まであと二時間はある。

顎に手を添えてわずかに沈黙した初輝は、すぐさま口を開いた。

「定時まで働いて、くたくたの状態でキャンバス化した自宅に戻るより、早めに帰ったほうがまだ気が楽なんじゃない？　平塚さん、今日はもう上がっちゃっていいよ」

その提案に、平塚が「えっ」と慌てた様子で身を起こした。

「でも写真のレタッチ、今日中にもうちょい数こなしとかないとだし……」

「俺やっとくよ。って言っても平塚さんほど綺麗《きれい》には補正できないから、明日出勤したときにチェックしてもらわきゃだけど」

「それは全然問題ないんですけど、でも……わたしこの間も休みもらったじゃないですか。カラーをなくしちゃって、メンタルぐらぐらになっちゃって」

申し訳なさそうに眉を下げる平塚の首には、キャメル色のカラー《首輪》が巻かれている。それがただのファッションではなく、平塚の体調を左右する重要なアイテムであることは、社内の誰もが理解していた。

「体質が関係してるんだからそれこそ全然問題ないって。というか、家の外でカラーを外させる事態になったのは完全に俺のミスだしさ。あの部長、カラー着けてるＳｕｂ《サブ》をじろじろ見るなんて、ハラスメント意識低すぎてドン引きだよ」

普段はあまり他人への不満を口にしない初輝だが、あえて大袈裟《おおげさ》に不快な表情を作った。実際、先日行われたミーティングで、取引先の部長が平塚にあからさまな好奇の眼差《まなざ》しを向けたことに辟易《へきえき》したのだ。仕事の場で下手にプライベートに踏み込まれないようにと、平塚はミーティング前にカラーを外さざるを得なくなった。

しかしながら悪いことは重なるもので、ミーティング終了後にカラーの行方《ゆくえ》が一時分からなくなった。ロッカールームの床に転がっているのを後日発見したのだが、精神安定剤ともいえるアイテムを失った平塚は自律神経に乱れが生じて、数日間会社を休む事態になってしまった。

自分が誰の所有物かを表すその首輪こそが、彼女のような第二の性――Ｓｕｂを持つ者の心と体を安定させてくれる。

誰かを支配したい、されたいといった欲求。それは単なる性的嗜好《しこう》とは限らない……ということが科学的に明らかになったのは、ほんの五十年ほど前だという。生まれながらの性である男女の違いとは別に、ダイナミクスと呼ばれる力量関係があることが定義づけられた。

それがＤｏｍ《ドム》、Ｓｕｂ、Ｎｅｕｔｒａｌ《ニュートラル》の三種からなる「第二の性」だ。

Ｄｏｍは「Ｄｏｍｉｎａｔｉｏｎ《ドミネーション》」の略で、誰かを支配したい・甘やかしたい・守ってやりたいといった強烈な欲求を持つ。対になる存在のＳｕｂは「Ｓｕｂｍｉｓｓｉｏｎ《サブミッション》」の略であり、こちらは反対に支配されたい・褒められたい・尽くしたいといった強烈な欲求を持つ。

　そのどちらでもない人間はＮｅｕｔｒａｌと呼ばれていて、比率としてはＤｏｍとＳｕｂが人口の一割ずつ、残りの八割がＮｅｕｔｒａｌだ。

　彼らの特異な性質から、会社経営者等のリーダー的資質を求められる役職にはＤｏｍが、その補佐にはＳｕｂが就《つ》くことが多いと聞く。しかし利点ばかりあるわけではなく、ＤｏｍとＳｕｂはそれぞれの欲求を発散できない場合、自律神経の乱れによる体調不良に見舞われる。

　そのため彼らはＤｏｍとＳｕｂでパートナーを組み、「プレイ」と呼ばれる行為によって定期的に欲求を満たす必要があった。

　初輝の反応に、平塚がふっと表情を和《やわ》らげた。「じゃあお言葉に甘えよっかな！」とデスクに広がる商品リストをまとめ始める。引き継ぎ内容を初輝に伝えると、平塚はよみがえった憤りを表すように胸の辺りで拳《こぶし》を握った。

「あーっもう、うちのイケメン上司はこんだけ気遣いができるのに、倉成主任より年上の旦那はどうしてああなのかな!?　飛んで帰って雷落としてやるんだから」

「いやー……まあでも、旦那さんをベコベコにへこます前に一応言い訳も聞いてあげてよ？」

　イケメン上司、というのはいくらなんでも持ち上げすぎだが、逐一否定するのも自意識過剰だと思い軽く流した。

はっきりとした二重の目は印象深いが、黙っていても自然と上がる口角のためか、初輝の雰囲気は全体的にやわらかい。通行人に道を尋ねられたり、店員でもないのにコンビニでコピー機の使い方を聞かれたりする機会が多いのは、それほど声をかけやすい凡庸な容姿ということだろう。年齢より若く見られることは多いものの、細身で中背のよくいるタイプの男だと自認している。

平塚が一礼とともにフロアを立ち去ると、手前のデスクに座る男性社員・沢田《さわだ》が不思議そうに腕組みした。

「平塚さんとこ、旦那さんがＤｏｍなんですよね？　あんなシャキシャキしてる平塚さんが、服従したい側の性ってちょっと意外です」

沢田の疑問は正直分からないでもない。平塚の育休明け直前に妻子とともに挨拶《あいさつ》に来た夫は、見るからに人の好《よ》さそうな男性だった。彼の足元に跪《ひざまず》き、しおらしく忠誠を誓う平塚の図は確かに想像しにくいところだ。

「ダイナミクスは本人の性格には関係ないって言うしさ。それに男女の性差による気質の違いって、周囲からの刷り込みが関係している場合があると思わない？」

「というと？」

「女の子だからおしとやかにしなさいって言われたり、男の子なんだからそんなことで泣かないって言われたり」

「あー、確かに。身に覚えがあります」

「でもダイナミクス診断は中学校の入学後に行われるだろ？　もうだいぶ性格が確立してる年齢で第二の性を知ったからって、Ｄｏｍの子が急に強気になったり、Ｓｕｂの子が突然弱々しくなったり……なんて変化はないんじゃないかな」

　初輝の言葉に沢田は「なるほど」と頷いた。しかしすぐにまた考えるように口を閉ざし、悪戯《いたずら》を思いついた小学生男子みたいににやりと口角を上げる。

「でもやっぱちょっと気になりません!?　あの二人はどんなプレイをするんだろって」

　ある意味無邪気な、好奇心を隠しもしない下世話な発言に、職場の空気が途端にぎこちなくなった。ＤｏｍとＳｕｂが行う「プレイ」が必ずしも性的な行為を含むわけではないと、正しいダイナミクス知識を持つ人間なら分かっている。分かっているのだけれど。

「沢田、今のはセクハラだわ」

「首が飛ぶな、首が」

「人事に報告でーす」

　普段から迂闊《うかつ》なところがある沢田に、先輩社員たちが容赦ないコメントを返す。それに乗じて初輝もしれっと告げた。

「沢田くん、来月からの給料がぐっと下がる可能性があるから、お金の使い方は今月から見直しといたほうがいいかもよ」

　愛想良く笑みながら降給をにおわせると、沢田は「嘘《うそ》でしょ！」と悲鳴をあげた。もちろん冗談ではあるが、「これに懲《こ》りたら発言には気をつけるように」と釘《くぎ》を刺す。初輝自身はＮｅｕｔｒａｌの判定が出ているが、ダイナミクスを理由に揶揄《やゆ》するような発言は見過ごせない。

すっかりしょぼくれた沢田に、仕方ないなあとみんなが苦笑して、またフロアの空気がゆるむ。調子の良いところはあるものの、素直なのが沢田の取り柄だ。

学生時代は「（L/R）ight」の店舗スタッフとして勤務し、大学卒業後は正社員へスライドしたため、初輝は他の会社を知らない。それでもエルアールライトのＥＣ事業部は、のんびりした人が多いながらも悪いことは悪いと言える、良《い》い職場だと思う。

「さーて、久しぶりにフォトショと仲良くするかな」

画像編集ソフトのアイコンをクリックすると、初輝は気合いを入れるように宣言した。直後、ふわりと甘い香りが鼻腔《びこう》をくすぐる。なんだろ、と初輝が顔を上げたタイミングで、頬《ほお》に冷たくて固いものが触れた。

「おっわ！」

「また部下の仕事を引き受けたんですか」

びくりと肩を跳ねさせる初輝の横から呆《あき》れ声が降ってきた。缶コーヒーを片手に隣に立っていたのは、三カ月前から初輝の部下となった男性社員、朝比奈《あさひな》和臣《かずおみ》だった。

常に眉間《みけん》に皺《しわ》を寄せ口角を下げている和臣は、初輝より三つ年下だ。一八〇を超える身長もあいまって威圧的に見えるが、不機嫌そうな表情と長身だけが彼の迫力を作っているわけではなかった。

SEBMA CAFE ORIGINAL
EET LATTE
クリーミー
ちご練乳ラテ
種類別 乳飲料
無果汁

猛禽類《もうきん》を彷彿《ほうふつ》とさせる鋭い目許《もと》に、前髪の間から覗《のぞ》く男らしい眉、通った鼻梁《びりょう》。髪は艶のない黒だが、少し重たく感じるその色は、まるで舞台俳優のような独特の雰囲気によく似合っている。好んで着用するのはシンプルでありながらもエッジの効いたデザインのメンズレーベルで、彼の冷ややかでシャープなイメージをより印象づけた。

整いすぎて近寄りがたい。けれど出会ってしまえば目がそらせない。そんな強烈な魅力を、この二十六歳の男は放っている。

「おっ、朝比奈くんお疲れ。いつものスタジオ撮影より帰りが早いな。今日の撮影は順調だったんだ？」

にこにこと笑む初輝に対し、和臣は「まあ」と素っ気なく返すばかりだった。和臣が無愛想なのは今に始まったことではないため、初輝も特に戸惑いはしない。

和臣は現在、商品の撮影・採寸・原稿作成を担うささげ業務スタッフの補佐をしていた。客が実物の商品を確認できないオンラインショッピングにおいて、商品の魅力を分かりやすく伝える画像や説明文は売り上げを左右する大きなポイントだ。

すらりと伸びた和臣の長身の陰から、初輝より年上の女性社員であり、ささげ業務を担当する新野《にいの》が顔を出す。

「いつもより順調、なんてもんじゃないわよ。朝比奈くん、採寸は正確だしカメラの設定は一回教えただけできっちり覚えるし、サクサク進んであっという間に終わっちゃったんだから」

「へえ！　やるね！」

店舗のない地方在住者にも安心して買い物を楽しんでもらうべく、より信頼度の高い画像と商品説明を目指すエルアールライトでは、ささげ業務を内製化していた。だが商品点数が多く入れ替わりも早いアパレル業界のEC事業部において、その業務量が負担となっているのも事実だ。

EC事業部で研修を行うならスルーできない仕事ではあるものの、忙しいスタッフに新人教育をさせることを申し訳なく思っていた。指導で時間を取られて新野の仕事が押すようなら、自分がフォローに入ろう……と思っていたのだが、和臣は手を煩《わずら》わせるどころか補佐として存分に活躍しているらしい。

けれど初輝たちに褒められても和臣に喜ぶ様子はなく、それどころか常に眉間に刻まれる皺をより一層深くした。

「俺のことはどうでもいいんですよ。それより倉成さん、あんたの仕事はなんですか？」

獲物《えもの》を狙う鷹《たか》のような目に射抜かれ、初輝は思わず身を固くする。

「ば……バックエンド業務チーム全体の進捗管理、だね」

「だとしたら倉成さんがやるべき仕事は早退した社員の代わりになることじゃなくて、残った社員でうまく業務が回せるように割り振ることなんじゃないんですか」

「えっと、でも、写真補正に慣れてるのは平塚さんか俺だし？」

「覚えさせりゃいいでしょう、他の人にも。上司がなんでも屋と化してたら、なんらかの事情で倉成さんが長期欠勤しなきゃならなくなったとき、指揮を執る人がいないうえに誰も他の社員の仕事を手伝ってやれない状態になるじゃないですか。リスクが高すぎますよ」

「……おっしゃるとおりでございます」

棘《とげ》のある声音で正論をぶつけられ、初輝は肩を竦《すく》めてたじろいだ。他の社員たちも耳が痛いとばかりにパソコンの陰に身を潜める。

まだ言い足りない様子の和臣が眉を吊《つ》り上げるが、それと同時にドアをノックする音がフロアに響いた。扉の間から他部署の女性社員が顔を出す。

「朝比奈さん、経営推進部の楠原《くすはら》部長がお呼びです」

口を噤《つぐ》んだ和臣は、気まずそうな社員たちを一瞥《いちべつ》したのち、深いため息とともに初輝のデスクにボトル缶を置いた。先ほど初輝の頰に触れたそれは、コンビニ限定販売の缶コーヒーで、発売日である今日を数日前から楽しみにしていたものだった。

「セブマ限定のクリーミーいちご練乳ラテだ！　えっ、スタジオ帰りにわざわざ買ってきてくれたの？」

「いっつも不思議に思ってたんですけど、あんたこんなド甘いの飲んで胸焼けしないんですか」

「油もの食べるとウェーッてなったりするけど、甘いものでは経験ないなあ。あ、待って、お金払う」

「写真補正、俺がやるんで残しておいてください」

会話が嚙み合わないまま、和臣はさっさとEC事業部フロアを立ち去ってしまった。初輝の質問にはなにも答えてくれなかったが、多分「お土産《みやげ》なので気にせずどうぞ」という意味なのだろう。つんけんした態度のせいで分かりにくいけれど。

「後輩に奢《おご》られてしまった……」

　ぽつりとつぶやく初輝は、和臣が立っていた場所に甘い香りが残ることに気づいた。薔薇《ばら》のような豪奢《ごうしゃ》な芳香は、和臣がフロアに戻ってきた直後に嗅いだものと同じだ。

（香水かなにかかな？　朝比奈くん、今まで香水とかつけてたっけ？）

　顔立ちだけで十分に人目を引く和臣は、引き算してバランスを取るようにシンプルなファッションを好む。香水のような主張を強めるものをまとうのは予想外だ。

（でも良い匂いだったな）

　優雅かつ迫力のある香りは、和臣のイメージにぴたりとはまっていた。凡庸な自分にはとても似合わないのに、もっと包まれていたいと思う不思議な魅力の芳香。

　首を傾《かし》げつつ初輝が体を正面に戻すと、今度はバタバタと沢田がやってくる。

「主任～！　いいんですかあれ！　朝比奈さんのあの言動！」

　迂闊な発言を咎《とが》められた際のしょんぼり顔はどこへ言ったのか、沢田は扉を指差し鼻息荒く抗議した。切り替えの早さも沢田の良いところだ。多分。

「あの……？　ああ、そういやちょっとツンデレ入ってるよねえ、朝比奈くん」

「デレなんて倉成主任にだけですよ！　俺がお客様の名前に敬称つけ忘れてメールを送信しかけたと

きなんか、死ぬほど冷ややかな口調で指摘してきましたからね」

「沢田くん、そんなミスしかけてたのか」

　呆れる初輝にもめげず、沢田は盛大なため息をついた。

「言ってることは正しいかもしれないけど、自分の立場ってものを考えて、せめて言い方を工夫してほしいんですよ。慣れ親しんだ同僚に同じ発言されるのと、三ヵ月前にやってきて研修中の、さらに言えば三ヵ月後には経営推進部に戻っていく奴《やつ》に言われるのとは心持ちが違うじゃないですか」

「んん……、そう？　上司に言われようが部下に言われようが正論は正論じゃない？」

　沢田の訴えがピンとこない初輝は、腕組みをして首を捻《ひね》った。確かに言い方はきついかもしれないが、和臣の主張は的を射ている。同じメンバーで仕事をしているとついなあなあになりがちな点を、外部から来た人に指摘してもらえるのはありがたい。

　しかし初輝の言葉に、沢田だけでなく他の社員も苦笑を浮かべた。

「倉成主任はそろそろ自分のお人好しっぷりを自覚するべきですよ」

「朝比奈くん、仕事はめちゃくちゃできるんですけどねえ……。真顔だと迫力がありすぎて、見惚《みと》れるを通り越して怯《おび》えてしまうというか」

「そもそも次期社長にあんなにフランクに接してるの、倉成主任くらいですからね」

「次期社長って。まだ先の話だろ？」

　気が早いと初輝は笑い飛ばすが、社員たちは肩を竦めるばかりで同意してくれなかった。和臣に対して萎縮してしまうのは、初輝以外の社員の共通認識らしい。

和臣の父・朝比奈博臣《ひろおみ》は、エルアールライトの取締役社長だ。いずれは和臣が跡を継ぎ社長の座に就くのだが、現在は仕事内容を把握するため各部署で短期の研修を繰り返していた。期間は部署によって異なり、ＥＣ事業部では半年間在籍することになっている。入社後すぐに経営推進部に配属される予定だったのを、和臣自ら「現場で研修をさせてほしい」と提案したらしい。

仕事の覚えも頭の回転も速い和臣は、どの部署でも確実に成果を出してきたと聞く。けれど唯一の欠点は、お世辞にも愛想が良いとは言えないというところだった。

迫力がある顔立ちが余計に人を遠ざけ、各部署を転々としてきたわりに親しい社員は一人もできていないらしい。社長の子息という立場上、指導する社員も言動が慎重になるせいもあるのだろうが。

良くも悪くも出世欲のない初輝は、次期社長だろうが今は自分の部下だからと、なんの気後れもなく接している。言動はぶっきらぼうだが、和臣の意見はどれもＥＣ事業部を良くしようと考えた末のものだし、時折ああして手土産を持ってきてくれるのだから、嫌われてはいないはずだ。

「ま、とにかくそんな気にすることないって。期間限定とはいえ、せっかく優秀な人材が来てくれたんだからさ。業務の見直しをしつつ、手伝ってもらえるところはガンガン手伝ってもらおうよ」

初輝がぱっと明るく笑むと、社員たちは太陽を前にしたかのように手をかざし、「うっ、聖人オーラがまぶしい」「ピュア後光出てる」と呻《うめ》いた。ノリの良い社員たちに笑いつつ、初輝はふと思い立って尋ねる。

「そういや朝比奈くん、最近香水つけるようになったよね？　すごい良い匂いするんだけど、あれどこのブランドのか分かる？」

華美な香りを自身にまとうのは気が引けるが、部屋で一人で楽しむくらいなら許されるだろう。そう思ったのだが、社員たちはぽかんとして顔を見合わせる。ややあって、先ほどまでスタジオ撮影に同行していた新野が言った。

「朝比奈くん、なにもつけてなくないですか？」

不思議そうに聞き返され、初輝は口を半開きにして「あれ？」と首を傾げた。


終業時刻が近づく中、一つ上のフロアにある会議室にいた初輝は、ＥＣ事業部に戻るべく和臣とともに階段を歩いていた。踊り場を通り三段ほど下ったところで、ふいに視界がぐらりと揺れる。やばい、と慌てて手すりをつかむと同時に、真横から伸びてきた腕が初輝の背中を支えた。

「大丈夫ですか!?」

「お……おー、平気平気。ちょっと目眩《めまい》を起こしたみたいで」

よほど驚いたのか、いつも冷静沈着な和臣が慌てた様子で尋ねてきた。初輝はへらりと笑って返したが、和臣の不安は晴れないらしい。体は解放してくれたものの強い視線は初輝を射抜いたままだ。

不眠を自覚してから二週間が経《た》った。一過性かと思われた症状は、予想に反して悪化の一途をたどっていた。

入眠するまで二時間以上かかり、ようやく眠りに落ちても三時間ほどですぐに目を覚ましてしまう。またそこから必死に眠る努力をして……と、朝までその繰り返しだ。

見ているというより睨《にら》んでいると表現するほうが正しいような、鋭い視線をこちらに向けていた和臣が、おもむろに口を開く。

「倉成さん、最近あまり眠れてないんじゃないですか」

確信を持った言葉に貫かれ、初輝はぎくりとした。ひどい顔で出社して部下を心配させないよう、「クマ　消し方」と検索して顔色を整えるよう努めていたのだけど。

「今までは見てるこっちが胸焼けするような激甘ラテばっか飲んでたくせに、ここ数日はブラックコーヒーを何本もデスクにのせてますよね」

意外な発言に初輝はぱちぱちと瞬《またた》いた。ＥＣ事業部での研修が始まっても、和臣は職場に馴染もうとする気配がなく、みんなで飲みに行こうと初輝が誘ってもつれなく断られた。あまり他人に関心がないタイプなのだろうと考えていたが、思いのほか観察眼が鋭い。

浅く息をついた初輝は、眉尻を下げて白状する。

「実はそうなんだよね。不安なことがあるってわけじゃないんだけど、なんでかうまく寝つけなくてさ。近いうちに病院に行って睡眠導入剤を処方してもらおうかなって思ってたところだから、みんなには黙っててくれないかな？　余計な心配かけたくないし」

三十路《みそじ》の洗礼ってやつかなあ、と初輝は冗談めかして肩を竦めるが、和臣の表情がゆるむことはなかった。なにやら思案する素振りを見せ、その間も探るような眼差しを遠慮なく注いでくる。

無言の威圧にさすがの初輝も怯《ひる》み、堪《たま》らず手すりに縋《すが》って距離を取った。病院に行く意思を見せれば、「早めに受診してくださいよ」程度のやりとりののち解放されると思っていた。

「ちょっと前から気になってたんですけど」

和臣はすっと目を細めて言った。

「倉成さん、最近香水でもつけ始めました？」

慎重な声音で問われた内容に初輝は戸惑う。脈絡のなさに混乱した、だけではなかった。

「つけてないよ。シャンプーを変えたわけでもないし……っていうか、香水をつけるようになったのは朝比奈くんのほうじゃないの？」

先週から気になっていた疑問を口にすれば、和臣は眉をひそめ「やっぱり」と漏らした。答えになっていないし、相変わらず会話が嚙み合わない。和臣は唇を結んで一度視線を外したのち、意を決した様子でこちらに向き直った。

「倉成さんに話があります。今日は定時で上がりですよね？　ここじゃまずいんで場所を変えましょう」

有無を言わさぬ調子の和臣に、初輝はただただ頷くしかできなかった。

ＥＣ事業部へ戻った初輝は、荷物をまとめると和臣に連れられて会社をあとにした。同僚に聞かれる心配がない場所で話したい、と和臣が言うので、ひとまず会社の最寄《もよ》り駅から初輝の自宅へ向かう路線の電車に乗り込んだ。

　家路を急ぐ会社員で車内は混雑しており、初輝たちは出入り口付近に並んで立つことになる。

　電車が発車したあとも、和臣はむっつりと黙り込んだまま宙を睨んでいた。一体どんな話をされるのか気になって仕方ないのに、小声で尋ねる隙すら与えてくれない。

（え、仕事についての悩みとか……？　もしかしていまいち同僚と馴染めないことを気にしてた？　いやいやいや、研修の最初の頃に陽気に話しかけにいった沢田くんに「俺の趣味とか休日になにしてるとか、沢田さんに関係ありますか？」ってズバーッと切り捨てただろ。今さら周囲との関係に思い悩むとは思えないよなあ。……はっ！　もしかして俺に苛立《いらだ》ってるとか!?　やっぱり次期社長に対して気軽に声かけすぎた!?）

　初輝が一人ぐるぐると考え、心の内でじたばた暴れていると、すぐ隣から舌打ちが聞こえてきた。

「やばい、本当に怒ってる」と初輝は青ざめるが、音の出所は初輝の右側――和臣が立つ場所とは反対の位置だった。

　思わず横目で右側をうかがうと、すぐ隣に立っていたのは小柄で華奢《きゃしゃ》な男性だった。レザーのカラーを巻いた彼は、唇を結んでうつむいている。そのさらに右隣では、体躯《たいく》が良く厳《いか》めしい風貌の男が顔を歪《ゆが》めていた。

「たった三日会わなかっただけで泣いて電話を寄越すなんて、お前は本当にどうしようもねぇな」

　不機嫌を隠しもしない調子に、小柄な男はますます身を竦めた。人混みということもあり一応声を潜めているものの、男の声が放つ威圧感は初輝にまで届く。ざわざわした感覚が広がり、初輝は思わず胸に手を置いた。

「ご、ごめんなさい……」

隣の男は消え入りそうな声で漏らすと、ぐすっと鼻をすすった。縋るものを探すように、細い指は己《おのれ》の首に伸び、黒いカラーに触れる。

（ファッション用……じゃなくて、もしかしてＳｕｂ？　じゃあ隣の男がパートナーのＤｏｍか？）

ＤｏｍやＳｕｂは、異性と同性のどちらをパートナーにするかはこだわらない者が多いと聞く。それよりもプレイの好みが合致するかどうかのほうが重要で、せっかく見つけた相性の良い相手を、性別を理由に拒むことはあり得ないらしい。

どうやら自分はパートナーであるＤｏｍとＳｕｂの痴話喧嘩《げんか》に出くわしてしまったようだ。

「しかもよりによって職場に電話してくるとはどういうことだ」

（うーん、それは確かにまずい気がする）

盗み聞きなんて趣味が悪いと思いながらも、Ｄｏｍの男の声は妙に初輝の耳に響いて、意識をそらすことができない。心の中で相槌《あいづち》を打っていると、Ｓｕｂの男が「だって」と涙声で言い返した。

「メッセージはブロックされて通話は拒否されて、不安にならないほうがおかしいと思わない……っ？」

（ああ、そりゃ確かにやりすぎかも）

Ｄｏｍに捨てられるのでは、という不安はなによりもＳｕｂを追いつめるという。スマートフォンを握りしめて震える彼を想像すると胸が軋《きし》む。知り合いでもなんでもない、ただ同じ電車に乗り合わせただけの他人なのに、初輝の胸に灯《とも》った不安の火種は見る間に大きくなっていく。禍々《まがまが》しい炎に身を竦め、見捨てられる恐怖に怯える男のイメージは、いつの間にか初輝自身に成り代わっていた。

「Ｓｈｕｔ Ｕｐ《うるさい》」

耳に飛び込んできた短い単語に、初輝はビクリと肩を跳ねさせた。実際に聞くのは初めてだが、知識としてその言葉がなにかは分かる。

ＤｏｍがＳｕｂを従わせるために用いる命令――コマンドだ。

Ｄｏｍからコマンドを与えられたＳｕｂは、本能的に言うことを聞いてしまうと聞く。実際、さらになにか言おうとしていた隣の男は、息を飲んで口を閉ざした。通常、コマンドが有効となるのはＳｕｂにだけで、Ｎｅｕｔｒａｌが耳にしたところでただの音としか認識されない。

それなのに初輝は今、唇を固く結んだまま立ち尽くしていた。心臓がドクドクと不穏に脈打ち、背筋に寒気が走る。風邪を引いたときのような不快感が全身に広がり、四肢の感覚が鈍って、宙に放り出されたような焦燥がにじむ。

「Ｌｏｏｋ《こっちを見ろ》」

続くコマンドに、隣の男が弾かれたようにＤｏｍのほうへ顔を向けた。それは初輝も同じで、強力な磁石《じしゃく》で引き寄せられたかのように、男のほうに勢い良く首を捻ってしまう。盗み聞きが知られるような素振りを見せるべきではないと、頭では分かっているのに。

　初輝のあからさまな視線に気づいた男は、案の定「あ？」と腹立たしげに眉を寄せた。その強い眼光を向けられた途端、今まで感じていたものとは比べものにならないほどの悪寒が初輝を襲った。

　自分の中の核を強引につかまれて、暗く冷たい夜の海へ引きずり込まれる。強い恐怖と虚無で思考が停止する。鋭く吸い込んだ息が、初輝の喉《のど》奥でひゅっと音を立てた。

「倉成さん！」

　左隣から伸びてきた手に肩をつかまれ、力強く和臣の胸元へと引き寄せられた。強制的に男から視線を外すこととなった初輝は、ひどい目眩で足元が覚束《おぼつか》なくなる。どうしよう。怒られる。Ｄｏｍに捨てられる。

　その瞬間、タイミング良く目の前の扉が開いた。パニックに陥《おちい》りかけていたせいでアナウンスすらまともに聞こえていなかったようだが、いつの間にか次の駅に到着していたらしい。肩をつかむ手に力が入り、和臣に促されるまま初輝はよろよろと外へ転がり出た。

「公共の場でプレイなんかするんじゃねえよ！　セーフワードが出てないあたり合意の上かもしれないけどな、コマンドが届く範囲に他のＳｕｂがいる可能性も考えろ！」

　初輝を連れてホームに降りた和臣は、車内を振り返り声を荒げた。

　先ほどのＤｏｍが降りてきて喧嘩になるのでは、と焦ったが、ちらりと目をやった先で二人は鳩《はと》が豆鉄砲《まめでっぽう》を食らったような顔をしていた。和臣が言うとおり、本気の言い合いというよりあくまでも二人のプレイの一環だったのかもしれない。

ほっとしたものの、体を蝕《むしば》む虚脱感と悪寒は一向に引く気配がなく、はっ、はっ、と初輝は浅い呼吸を繰り返した。ホームを歩く人々が好奇の視線を寄越しているのが分かる。震える指で和臣の胸元に縋ると、和臣が初輝の頭を深く抱え込み、余計なものが視界に映らないようにしてくれた。

「口を閉じて、鼻で息をして。それからゆっくり息を吐いてください。……そう、上手」

明らかに様子のおかしい初輝にも和臣は決して取り乱さず、空いている手で背中をさすって指示を出した。静かな声音の中に確かな温《ぬく》もりがあって、初輝の視界は安堵《あんど》でにじむ。良かった。褒められている。

「倉成さん、俺、今からあんたを背負って移動します。怖いことはしません、近くの公園に行ってベンチで休むだけ。万が一にでも俺のせいで嫌な気分になったら、いつでも大声を出して周囲に助けを求められます。だから、そこに倉成さんを連れていってもいいですか？」

普段の彼からは想像もつかないほど、和臣は丁寧に言葉を紡《つむ》いだ。初輝に少しの不安も与えないよう気遣っているのだと思うと、また涙腺《るいせん》がゆるむ。人前で泣くなんて子供みたいだと思いながら、初輝はそれこそ幼子のようにコクコクと頷いた。

和臣は宣言どおり、初輝を背負って駅の近くにある公園へ移動した。四方を花壇で囲まれた公園は中央に噴水が設置されている。夕刻ということもあり人影は多くないが、通行人が絶えず行きかう大通りに面していることから、なるほど確かに「人目にはつきにくいが、すぐに助けを求められる場所」だと察せられた。

　噴水のそばに並ぶベンチに向かった和臣は、慎重な動作で初輝を下ろした。ぐったりとベンチに座り込む初輝の前で、和臣は地面に片膝をついて跪く。浅い呼吸を繰り返し脂汗を浮かべる初輝を、和臣は低い位置からうかがい見た。仕事中に向けてくる無遠慮な視線とは違う、労《いたわ》りに満ちた眼差しだと思った。

「良かった。まだ完全にＳｕｂ《サブ》　Ｄｒｏｐ《ドロップ》に陥ったわけじゃないですね」

「サブドロップ……」

　使い慣れない単語をオウム返しし、けれど初輝は「どこかで聞いたことがあるな」と思った。霞《かすみ》がかかった頭の中から必死に引っ張り出したのは、打ち合わせ直後、カラーを紛失して青ざめる平塚の姿だ。Ｓｕｂ　Ｄｒｏｐは心のバランスを崩したＳｕｂが陥る、強い抑うつ状態のことだと聞く。

　どうしてＮｅｕｔｒａｌの自分に向かってそんな言葉が飛び出したのか疑問だが、和臣に問おうにもうまく言葉がまとまらなかった。店舗スタッフとして立ち仕事をしていたときにも感じたことがない、気力を根こそぎ奪い取っていくような疲労感が全身にのしかかる。

「こういう状態になるのは今回が初めてですか？」

　落ち着いた声音で尋ねられ、初輝は小さく頷いた。注意深く観察してようやく分かる程度の微かな動きだったのに、和臣は初輝の返事をきちんと読み取り、わずかに目尻を下げる。些細《ささい》な変化ではあるが、和臣が初めて見せた穏やかな表情は、初輝の目に強烈に焼きついた。

「そうか。だったら怖かったですよね。でも、Ｄｏｍのグレアを浴びても完全なＳｕｂ　Ｄｒｏｐには陥らずに、自分のことをちゃんと守れて、倉成さんはえらいですね」

一応上司であるはずの自分を、和臣はまるで幼子を相手にするように褒めた。「グレア」とか「自分を守った」とか、言われた内容はまるで理解できないものばかりだ。それでも和臣が発した一言が、虚無で埋め尽くされた初輝の心にじわりと染《し》み渡る。

「俺、えらい……？」

無意識に唇からこぼれた言葉は、幼児みたいな頼りない響きをしていた。それでも和臣は決して笑ったりせず、訝《いぶか》しげな顔をするでもなく、初輝と目を合わせたまま深く頷いて見せる。

「えらいですよ。倉成さんよりえらい人を見たことがありません」

そう言うと和臣は、整いすぎて近寄りがたいとまで言われるシャープな顔をやわらかく崩した。思いのほか優しい微笑《ほほえ》みに目を奪われたのは一瞬のことで、まぶたの裏が熱くなったと思ったら、みるみるうちに視界がにじんでいく。

瞬きの弾みで涙を一粒落とすと、あとはもう堪《こら》えることができなかった。くしゃりと顔を歪めた初輝は、わあわあと声をあげて泣き始めた。

Ｄｏｍの怒りを買った恐怖と、褒められ、認められたことへの安堵。コントロールを失った心は、坂を転がる雪玉のように様々な感情を巻き込んで加速していく。

取り乱す初輝を前にしても、和臣は一切の動揺を見せなかった。初輝の後頭部に手を置いて自分のほうへそっと導く。初輝もそれに素直に従って、和臣の肩口へ額をのせひたすらに泣きじゃくった。

暴れ狂う気持ちに振り回され、どのくらい時間が経ったのか。空の色がすっかり黒く染まった頃、和臣に前傾姿勢でもたれていた初輝は、そのままの体勢で硬直していた。

（え、なんだっけこの状況）

別に記憶が飛んだわけではない。電車の中で突然の体調不良に陥ったことも、和臣の前で大泣きしたこともすべて覚えている。今は全身を包む虚脱感は消え去り、頭も体もすっきりしていた。

だからこそ、どうしてあんな風に自分の心を制御できなくなったのか分からず、部下の前で醜態を晒《さら》した事実に初輝は打ちのめされた。

「少しは落ち着きましたか」

「うおっ、あ、はい！」

長い間無言で背中をさすってくれていた和臣が突然声をかけてきたので、焦りのあまり初輝は声を裏返らせた。いやなんで俺が敬語なんだよ、と胸の内で自分にツッコミを入れていると、「どうして倉成さんが敬語なんですか」と同じ台詞《せりふ》が返ってくる。呆れた調子の声音に初輝は恐る恐る上体を起こした。

先ほど見せたやわらかな表情とは異なり、和臣はいつもの仏頂面で初輝を見上げていた。そのことに、いつもの日常に戻ってきた安堵と、和臣のレアな一面が隠れてしまった口惜しさの両方を覚える。

完全に身を離した初輝を和臣はまじまじと見つめ、問題なさそうだと判断したのかおもむろに腰を上げた。地面につけていた左膝には土埃《つちぼこり》がついていて、それを手で払う様に初輝は青くなった。

「そのテーパードパンツ、Re:《リ》(L/R)《エルアール》の新作じゃないか！　ちょっと待って、カットソーもだよね⁉」

エルアールライトが展開する中でも「Re:(L/R)」は価格帯が高めのレーベルだ。カットソーとパンツだけで、ざっと見積もって定価で五万六千円。ド庶民の初輝は店舗スタッフ時代にヘルプに入ったときだって「質を考えればお安いと思いますよ～」なんて口が裂けても言えなかった。

その五万六千円にしがみついて自分はワンワン泣いていなかったか。

「俺さっき遠慮なくカットソー握りしめてなかった⁉　胸元だけ伸びちゃってよれよれになってたらどうしよう……。はっ、というか鼻水！　鼻水垂らしてない？　大丈夫？　いや少なくとも涙はだいぶ染み込ませたよね⁉　ク、クリーニング代払う！」

さすがに缶コーヒーを奢ってもらったのと同じには考えられないと、初輝はわたわたと通勤用のトートバッグを漁《あさ》り始めた。そんな初輝に和臣はげんなりと肩を落とす。

「ベラベラしゃべる元気が戻ったならなによりですけど、あんたが今心配するべきなのは、俺の服じゃなくて自分の体でしょう」

冷静に指摘され、初輝はトートバッグに手を突っ込んだまま動きを止めた。まっすぐにこちらを見る和臣は、まるでなにかに確信を得ているかのような顔だ。このまま現実逃避してしまいたい気持ちを堪え、初輝は謎の虚脱感に襲われていたときの記憶を掘り起こす。

電車の中で男に睨まれた際、Ｄｏｍに怒られる、Ｄｏｍに捨てられると、初輝は強いショックを受けた。電車内でコマンドを耳にしたとき、自分の意思を無視して体が勝手に動いてしまった。どれもこれも、これまでの人生では覚えのない経験だった。

（これって、まるで……）

内側からにじみ出た焦りに初輝が顔をこわばらせると、正面に立っていた和臣が隣に移動した。一人分の距離を開けてベンチに腰を下ろす。今日の業務が終了した噴水を見つめ、和臣は慎重に口を開く。

「さっきも言いましたが、初輝さんは電車の中でＳｕｂ　Ｄｒｏｐになりかけていました。Ｄｏｍが放ったグレア……目力による威圧とか、怒りのオーラみたいなものなんですけど、それを浴びるとＳｕｂは恐怖で体が震え、適切にケアされないと高確率でＳｕｂ　Ｄｒｏｐに陥ります。自罰の感情に苛《さいな》まれて食事や入浴といった生活に必要な行為ができなくなったり、極度の緊張状態で気絶してしまったり……最悪の場合、自ら死を選ぶ精神状態にまで追いつめられることもあると言います」

固い口調で説明され、今さらながら初輝はゾッとした。自分が片足を突っ込んでいたのは、かなり危険度の高い状態だったのだと思い知る。電車内でＤｏｍが自分に睨みを利かせた際に、和臣が言うグレアとやらを浴びていたのだろう。

和臣は短く息を吐くと、一拍の間ののちに初輝に顔を向けた。

「倉成さん。最後にダイナミクス診断を受けたのはいつですか？」

思いがけない問いに初輝は戸惑う。診断を受けるタイミングなんて一つしかないのに。

「中学校に入学してすぐだよ。クラスメートの中にはＤｏｍやＳｕｂだって診断された子もいたけど、俺はＮｅｕｔｒａｌだって言われて、それっきり。みんなそんなもんだろ？」

子供が生まれてすぐに自費でダイナミクス診断を受けさせる親もいるらしいが、第二次性徴が現れる十歳以降にホルモンの影響で変化する場合があり、中学校入学後に身体測定とともに行われる検査で初めて確定する。逆に言えば、そこで下される診断が覆ることはまずないのだ。

「そうですね。でもＤｏｍやＳｕｂが集まる場では、Ｎｅｕｔｒａｌと診断されていたはずの人が、成人後に突然第二の性が変異した……という話も稀《まれ》にですが耳にします」

真剣な面持《おもも》ちで語る和臣は、一度唇を結んだのち、静かな口調で告げた。

「報告する必要がないので今まで言ってなかったんですが、俺の第二の性はＤｏｍです」

突然の告白に初輝は驚く。けれどすぐに深く納得した。

Ｄｏｍ、Ｓｕｂ、Ｎｅｕｔｒａｌの体質について義務教育中に教わった内容はざっくりとしていて、特にＮｅｕｔｒａｌと診断された者は、自分は無関係だからと授業内容を適当に聞き流していた者も多い。けれど和臣の説明は具体的で、電車内での痴話喧嘩もプレイの一環でしかないとすぐに見抜いていた。

「ＤｏｍやＳｕｂは、支配したい・されたいという欲求が長期間満たされないと、自律神経が乱れ体調を崩すようになります。体がだるくなったり目眩を起こしたり、吐き気や頭痛……あとは不眠ですね。人によって量に差はありますが、ＤｏｍやＳｕｂは通常、対《つい》となる性にだけ分かるフェロモンを放っていることが多く、特に欲求が解消されない状態だと香りが強くなります」

和臣が整然と説明する内容に、初輝の心臓はドクッと音を立てた。原因の分からない不眠、Ｄｏｍである和臣の香りに惹《ひ》きつけられたこと、見知らぬＤｏｍとの遭遇によって引き起こされたパニック状態。

点と点が繋《つな》がって線になり、信じがたい形を作り出そうとしている。

「最近の倉成さんからは、Ｓｕｂ特有のフェロモンを感じる。倉成さん、あんた多分、Ｓｕｂに変異していますよ」

迷いのない言葉を突きつけられ、思わず初輝は額に手を当てた。強い目眩を覚えるのはショックを受けた証拠か、それとも和臣が言うところの「欲求が解消されないことで起こる諸症状」なのか。

平凡な容姿、ありふれたダイナミクス、波風のない人生。自分の中で決して動くことのなかった要素が、ゆっくりと崩れていく音を初輝は聞いた。

夏の日差しが窓から注ぐ日曜の昼下がり。１ＤＫのアパートで、リビングの中央に置いたローテーブルにいくつものリーフレットを並べ、初輝はぐにゃりと口を歪めて腕組みしていた。

「Ｄｏｍ性・Ｓｕｂ性としての生活」「正しいプレイと健康」「パートナーマッチングアプリのご登録について」等々の文言が並ぶリーフレットの中央には、白い紙に印刷された簡素な診断書が置かれている。初輝のフルネームが記載された下には「ダイナミクス診断結果　Ｓｕｂ」の文字が並び、初輝は本日何度目か分からないため息を落とした。

先週の金曜日、会社を早退した初輝は、ダイナミクス専門外来のある病院を受診した。不眠の症状とＳｕｂ　Ｄｒｏｐらしき状態に陥りかけた経緯を説明し、血液検査を受けて、一週間後である一昨日《おととい》に結果を知らされた。和臣の推察どおり、初輝は突然変異型のＳｕｂであった。

『Ｓｕｂとしての欲求は抑制剤である程度抑え込むことが可能です。しかし自分にどの薬が合うかは試してみないと分かりませんし、特に倉成さんは体が変異した直後ですので、副作用が強く出る可能性もあります。早めにパートナーを見つけ、プレイによって欲求を解消することが望ましいですね』

初輝が今テーブルに並べているリーフレット類を手渡しながら、医師は淡々とした調子で説明した。十二歳のときにＳｕｂと診断されている人にとってはそれが当たり前の生活なのだろうが、三十路手前にして突然変異してしまった初輝は、口を半開きにして呆然《ぼうぜん》と話を聞くしかなかった。

「パートナーを見つけてプレイをしろ、って言われてもなあ……」

初輝は誰に聞かせるでもなくこぼし、プレイについての説明が書かれた冊子を手に取った。可愛《かわい》らしいイラストを用いた手帳サイズのパンフレットをペラペラと捲《めく》る。

ＤｏｍとＳｕｂが各々の欲求を満たすために行うコミュニケーション――それが「プレイ」だ。Ｄ

ｏｍはコマンドと呼ばれる命令を与えることでＳｕｂを意のままに操り、「支配したい」という欲求を満たす。逆にＳｕｂはコマンドによってＤｏｍに従うことで、「支配されたい」という欲求を満たすのだと聞く。

とはいえＤｏｍの命令が絶対というわけではなく、Ｓｕｂは自分の意にそぐわない行為は拒否することができるらしい。「セーフワード」と呼ばれる単語を事前に決めておくことで、プレイの最中にも嫌だという意思表示を示すことが可能になる。

「『プレイの好みは千差万別です。どのようなプレイを行いたいか綿密な話し合いを行ったうえで、ＤｏｍとＳｕｂの両方が満足できるプレイを行いましょう！』かあ。言ってることは分かるんだけどさ……」

コマンドがどんなものか体感する前は、初輝はプレイに対し比較的ポジティブな印象を持っていた。無関係な立場にいる者の勝手なイメージで、お互いが満足できる幸せなコミュニケーションなのだろうと考えていた。

しかし電車内で威圧的なＤｏｍと遭遇したことで、初輝はすっかりプレイが怖くなってしまった。隣にいたＳｕｂはああいった会話も込みでプレイとして楽しんでいたのかもしれない。けれど露骨な苛立ちをぶつけられ、コマンドで他人に操られる行為は、初輝にとって恐怖でしかなかった。

仮にＤｏｍとマッチングしても、事前の話し合いでプレイの好みが合わなければ、行為はせず解散するという手もある。むしろＳｕｂと診断された大多数の人は、Ｄｏｍとのそういうやりとりを当然として行っているのだろう。プレイした相手と必ずしもパートナーになる必要はなく、相性が合わなければそれきりにすればいい。

しかし生まれてこの方、誰かといわゆる一夜限りの関係を持ったことのない初輝は、欲求の解消のため不特定の相手とお試し行為をすることに前向きになれなかった。良く言えば真面目《まじめ》、悪く言えば面白《おもしろ》みのない人間だと自認している。性欲も他人より薄いようで、自分で処理するだけで満足できるほうだった。

それなのに今後一生、処理をしないと体調を崩す欲求と付き合っていくことになるなんて。

（せめてプレイのイメージを少しでもポジティブなものに変えないと、パートナーなんて一生できないよなあ）

抑制剤のおかげで一時的に欲求が抑えられたらしく、昨日は久しぶりにゆっくり眠ることができた。しかし副作用なのか胃に不快感があり、いつまでも薬には頼っていられないと痛感する。

（実際に誰かと試してみて、自分の好みを把握するのが一番なんだろうけど、その最初の一歩が怖くて踏み出せないから困ってるわけで……）

ぐるぐると堂々巡りする思考に、初輝はすっかり弱り果てた。夏物のラグの上に大の字になり、天井を仰ぐ。変異してしまった自分の体は、一体どういう行為に喜びを得るのだろう。

自問する初輝の頭に浮かんだのは、洋服が汚れるのもいとわず地面に片膝をつき、初輝を見上げて微笑む和臣の姿だった。

『倉成さんはえらいですね』

よく響く低い声に、あの夜は優しい熱が灯っていた。きゅっと胸が締めつけられ、初輝は気恥ずかしさに唇を結ぶ。

「朝比奈くんに褒められたのは、ちょっと嬉《うれ》しかったな……」

ふわふわした心地で、そんな風にこぼしたときだった。ローテーブルに置いていたスマートフォンが突如着信音を鳴らし、初輝はビクリと身を跳ねさせる。

慌てて身を起こしスマートフォンを手に取ると、発信者として「朝比奈和臣」の文字が表示されていた。Ｓｕｂ　Ｄｒｏｐ手前から回復したあと、「あんた自分のことはすぐ二の次にするから、ちゃんと検査を受けたか確認しますからね」と和臣に迫られ、連絡先を交換していたのだ。

ちょうど和臣のことを考えていたタイミングだったので、なんとなくどぎまぎしながら初輝はスマートフォンを耳に当てた。

「もしもし。えっと、朝比奈くん？」

『はい。金曜に診断結果を聞きに行くと言っていたので、どうだったかなと思って電話しました』

予告どおりの内容に初輝は苦笑しつつ、突然変異型のＳｕｂと診断されたことを正直に打ち明けた。ここ最近の不眠も、Ｓｕｂの欲求を満たせないことによる自律神経の乱れが原因だったと伝える。

「朝比奈くんが公園で俺を宥《なだ》めて落ち着かせてくれたの、あれ、アフターケアって言われる行為なんだよね？　Ｓｕｂ　Ｄｒｏｐになりかけたとき、ちょうどＤｏｍの部下がそばにいて介抱してくれたって話したら、医者が『それは幸運でしたね』って感心してて。下手《へた》したら俺、ああいうアクシデントに一人で見舞われる可能性だってあったわけだもんな」

コマンドに従ったＳｕｂを褒め、自己肯定感を高める「アフターケア」はＤｏｍの必須スキルで、Ｓｕｂ Ｄｒｏｐからの回復にも有用だと医師から聞かされた。和臣が小さな子供を相手にするように自分を褒めたのは、適切な処置だったのだと初輝は一週間もあとになって知った。

「二十九年も生きてきて、今日からあなたは別の性別ですって突然言われてもどうすりゃいいんだって、正直混乱してたんだけどさ。でも自分がＳｕｂになったことを知らないままでいるよりは、朝比奈くんに気づいてもらえてラッキーだったんだよね。助けてくれてありがとう、朝比奈くん」

目の前に本人がいなくてもだらしない姿勢で礼は言えないと、初輝は居住まいを正した。とはいえ和臣のことだ、素っ気なく「別に」と返されて終わりだろう。

そう思ったのに、電話の向こうで和臣は言葉につまった様子でしばし黙り込んだ。なにかおかしな発言をしただろうか、と初輝はスマートフォンを片手に首を捻る。

やがて受話口から咳払《せきばら》いが聞こえ、「それより」と和臣が話を切り替えた。

『診断されてから二晩経ったわけですけど、パートナーをどうするかは決めたんですか？　信頼できるＤｏｍが周りにいるとか、誰かとプレイをする約束をすでに取りつけたとか……』

「あー……」

今まさに頭を悩ませていた問題をつつかれ、初輝は声を弱らせた。

「実はどうしたもんか困っててさあ。病院からはプレイ相手を探すＤｏｍ／Ｓｕｂマッチングアプリを勧められたんだけど、事細かに書き込まれた嗜好リストをチェックしてるだけでぐったりしてきちゃって……いや、大事なことなんだろうけど」

　プレイに暴力的な言動を含むか否か、羞恥プレイはどの程度まで平気か、放置する場合の限界タイム等々。公共機関が運営するアプリだけあってデザインは至極爽《さわ》やかなのに、羅列《られつ》する字面はいかがわしい出会い系サイトと大差なく、つい最近までＮｅｕｔｒａｌとして生きてきた初輝はダイナミクスギャップに衝撃を受けた。確かに十八歳未満利用禁止のアプリだったけれども。

「それに初めて会った人とセッ……性的な行為をするのは、俺はちょっと抵抗あるんだよね。だからそういうの無し、痛いのも無しで絞っていくと、父親より年上の男性ばっかヒットしちゃって。初回から二回り以上年上を相手にするのもなかなか勇気が要《い》るだろ？　それで……」

『ちょっと待ってください。男にもチェックを入れてＤｏｍ検索してるんですか？　倉成さん、異性愛者じゃありませんでした？』

　不安のあまりあけすけに伝えすぎた、と反省する初輝に対し、和臣は前のめりに質問を重ねた。思いがけない反応に戸惑いつつ初輝は素直に頷く。

「条件を絞ったうえに女性の指定までかけると全然ヒットしないんだよ。Ｄｏｍ／Ｓｕｂ間では同性パートナーもよくあることらしいし、他の条件が合うなら別にいいかなって。俺は恋愛じゃなくて健康管理をするための相手を探してるわけだしね」

『……つまり倉成さんは、暴力とセックスがなければプレイする相手が男でも構わないってことですね？』

　せっかくオブラートに包んだのに、それを容赦なく剝がす男である。

「うん、まあ」

『ちなみに恋人は？　交際相手はいないって前に言ってましたけど、その後変化はありました？』

「ご、ご縁がなく……」

『じゃあ倉成さんが誰とパートナーになろうと、揉《も》めごとが起きそうな相手はいないわけだ』

　やたら念入りに確認しておいて、和臣はまたなにか思案するように黙り込んだ。度々生まれる沈黙の気まずさに、初輝は必死に話題を探す。

「えっと……そうだ。朝比奈くんはどこでパートナーを見つけたの？　あっ、この間俺のアフターケアをしてくれたのって問題なかった？」

　パートナーがいることを前提に質問したのは、和臣ならどう考えても引く手あまただからだ。顔立ちもスタイルも抜群なうえに、Ｓｕｂだと自覚していなかった初輝が無意識に惹きつけられるほど、和臣が放つフェロモンは魅力的だった。

　しかし初輝の問いに、和臣は「いえ」と返した。

『俺はパートナーはまだいません』

「え!?」

『ついでに言えば恋人もいません』

「ええっ!?」

まったく予想していなかった返答に初輝は面食らった。混乱する初輝に、電話の向こうから『今日はこのあと、なにか予定はありますか？　もし良かったら会って話がしたいのですが』

と淡々とした誘いがかけられた。

待ち合わせ場所として指定されたのは、繁華街の路地裏にある小さな喫茶店だった。赤いカーペットの上に革張りのソファが並ぶ店内はレトロな雰囲気が漂う。穴場なのか、日曜の午後だというのに客はまばらだ。

店員に案内されて初輝が奥へ進んでいくと、和臣は角席に当たるテーブルに着いていた。すぐ横に配置された観葉植物が周囲からの視線を遮《さえぎ》っていて、黒いローテーブルには予約席の札がのる。

（完全な二人きりにはならなくて、でも他人の目には触れにくい場所をまた選んでくれたってこと？　公園でアフターケアをしてくれたときもそうだったよな）

案外気配り上手だったんだなと思いながら、初輝は和臣の正面に座った。初輝が注文したクリームソーダと、和臣が注文したアイスコーヒーがテーブルに並んだところで、和臣が切り出す。

「単刀直入に言います。俺がＥＣ事業部で研修をする残り三ヵ月間、俺を練習用の仮パートナーにしませんか」

メロンソーダの上のバニラアイスをつついていた初輝は、予想外の申し出に驚きスプーンを勢い良く突き立てた。おかげでアイスを炭酸に深く沈めてしまい、黄緑色の泡がもこもこと湧き上がる。

「え、なん……え？」

「倉成さんが嫌がることは絶対にしませんし、倉成さんの好みのプレイが見つかればそれに全部合わせます。そうやって三ヵ月間俺とプレイの練習をすれば、マッチングアプリで相手を見つける際も、どんなＤｏｍであれば自分に合うか分かるんじゃないですか」

和臣は滑らかに言葉を重ねながら、硬直する初輝に代わり噴きこぼれたソーダを紙ナプキンで拭った。その様子を呆然と見つめていた初輝は、ややあって首を横に振る。

「待って、意味が分からないんだけど」

「説明が足りませんでした？」

「いや、すごく分かりやすい説明だったけど、だからこそ意味が分からない。だってそれ、朝比奈くんになんのメリットもなくない？」

初輝にとってはこれ以上にない提案だ。だが和臣がそうまでして自分の世話を焼く理由が見つからないのでは、おいそれと飛びつくことなどできない。

初輝の言葉に和臣は口を噤む。しかしそれは一瞬のことで、すうっと目を細めた和臣はこちらに向かって人差し指を突き立てた。

「この三ヵ月ＥＣ事業部で研修をした感想なんですけど、あんた必要以上に部下の面倒見すぎですよね」

「うっ」

「部下には自分の仕事に集中させようと、他所《よそ》から押しつけられた雑務まで全部自分でこなしてる」

「そ、それは」

「なんでもかんでも倉成さんが抱え込んでる今の状況で、Ｓｕｂの欲求不満症状を解消しないまま、同じように仕事を続けられると思ってるんですか？」

　容赦ない指摘に初輝は思わず身を縮こまらせた。和臣は依然として鋭い眼差しを送ってくる。

「俺がどういう立場にいるかは、さすがに倉成さんも分かっていますよね？」

「次期社長にございます……」

「そうです。俺には各部署が滞りなく業務に勤しめているか確認し、問題があれば解決する義務があります。俺がＥＣ事業部にいる残りの三ヵ月で、倉成さんはちゃんと部下に業務を任せるように努めてください。同時にＳｕｂの体に慣れ、Ｓｕｂとしての生活と仕事を両立するためのチュートリアル期間にしてください」

　和臣はいつになく饒舌《じょうぜつ》に捲《まく》し立てた。突っ込む隙も与えない正論と、端麗な容姿が生み出す迫力のせいで、初輝はすっかり気圧《けお》されてしまう。

　唖然《あぜん》とする初輝に気づいたのか、和臣ははっとした様子で口を閉ざした。首の後ろに右手を当て、気まずそうに視線を外す。

「別に……、無理強《じ》いしたいわけじゃないので。仮とはいえ、俺をパートナーにするのは無理そうならそう言ってください。次期社長なんて言いましたけど、今の俺はあくまで倉成さんの部下でしかないんですから」

だから変に警戒する必要はないです、とつけ足して和臣は顔をうつむけた。勢い込んで話したり急におとなしくなったり、今日の和臣は情緒の変化が忙しい。

けれど初輝の胸に広がる混乱は、すぐにじんわりとした感動に取って変わった。

「びっくりした……。朝比奈くん、めちゃくちゃしっかり会社のこと考えてくれてたんだね」

きらきらと目を輝かせる初輝に、和臣が顔を上げ「は？」と漏らした。

「現場の人間をここまで気遣ってくれる人がいずれ会社を背負って立つんだと思うと、うちの未来は明るいなって感じるよ。朝比奈くんは本当に良い部下……いや、良い社長になるよ！ これほど色々気にかけてもらいながら、厚意を無下にするなんてあり得ないよね」

「……じゃあ返事は、」

「ふつつかなＳｕｂではございますが、どうぞよろしくお願いします！」

和臣について、仕事ができる人だとは思っていた。けれど会社に対して胸の中にこれほどの情熱を秘めていたとは知らなかった。初輝は頼もしい気持ちで頭を下げる。

しかし次に見た和臣は、どうしてか疲弊したようにソファに沈んでいた。「いいのかそれで……」とブツブツこぼしながら後頭部を掻《か》いている。

和臣は気持ちを切り替えるかのように浅く息をつくと、傍《かたわ》らに置いていた黒のボディバッグを膝にのせた。ファスナーを開けると中から半分に折りたたまれたコピー用紙が登場する。和臣はそれを初輝に差し出した。

「契約書でも作ってきたの？」

「違いますよ。一般的なプレイでよく使うコマンド一覧をリスト化してきたんです。倉成さん、そういうのもまだ詳しくないんじゃないかと思って」

和臣の説明どおり、紙の中面には十二、三個のコマンドと解説が並んでいた。初輝は上から順に目を通していく。

「Ｋｎｅｅｌ《ニール》」は〈おすわり〉、「Ｃｏｍｅ《カム》」は〈おいで〉。ここら辺はつい最近までＮｅｕｔｒａｌだった初輝でも耳にしたことがある初級編コマンドだ。「Ｒｏｌｌ《ロール》」は〈仰向《あおむ》けになれ〉、「Ｔａｋｅ《テイク》」は〈取ってこい〉……等々、その後も犬の躾《しつけ》を思わせる単語が並ぶ。

しかし三分の二ほど確認したところで、だんだんと雲行きが怪しくなり始めた。

（「Ｋｉｓｓ《キス》」は〈キスして〉、「Ｃｒａｗｌ《クロール》」は〈四つん這《ば》いになれ〉、「Ｓｔｒｉｐ《ストリップ》」は〈服を脱げ〉、「Ｐｒｅｓｅｎｔ《プレゼント》」は〈恥ずかしいところを晒せ〉……えっ、なに!?　恥ずかしいところってあそこ!?　うわわ、じゃあ「Ｌｉｃｋ《リック》」の〈舐《な》めろ〉もなにを舐めさせるコマンドだよって話で……まあ、なにってナニか……いやいやいや、そういうことじゃなく！）

別に下ネタを一切受けつけない潔癖というわけではない。けれどたった今仮パートナーになったばかりの部下とこれらのコマンドを実行するのかと思うと、初輝は羞恥のあまり顔から火を噴きそうだった。

初対面の相手とセックスするのは抵抗がある、と初輝は確かに言った。だが毎日職場で顔を合わせる社員ならいいという意味ではない。そもそも自分はセックスと暴力を含まないプレイを望むと電話で話したはずなのだが。

「なんか勘違いしてません？　俺とのプレイで全部やるって言ってんじゃないですよ」

赤面したまま石のように固まる初輝に、今度は黒のフェルトペンが差し出された。

「できそうにないコマンドにバツを書いてください。自分で許可したコマンドしか言われないって事前に分かってれば、少しは安心できるでしょ」

その言葉に初輝はようやくコマンドリストの意図を察し、肩の力を抜いた。そういうことなら、と素直にペンを受け取り再度内容に目を通す。悩んだ末、セックスのイメージに直結する「Ｋｉｓｓ」「Ｃｒａｗｌ」「Ｓｔｒｉｐ」「Ｐｒｅｓｅｎｔ」「Ｌｉｃｋ」の五つにバツ印をつけた。

和臣は一度その用紙を自分の手元に戻すと、スマートフォンで写真を撮ってから再び初輝に渡した。

「これは倉成さんが持っていてください。俺も画像としてスマホに残したので、『忘れててうっかり』なんて言い訳をする余地はなくなったわけです。万が一倉成さんの意に沿わないコマンドを口にした場合は、容赦なく俺を責めてください」

文句のつけようのない説明に、初輝は「わ、分かった」と答えるしかない。プレイをするうえで大事なのは事前の打ち合わせだとパンフレットにも書かれていたが、こうも事務的に行われるものなのだろうか。

（まあでも、あくまで体調管理のためなんだから、事務的なくらいのほうが俺としてはありがたいかも。病院で薬を処方してもらうイメージに近いからかな）

少なくとも、初対面の相手にいきなり親しげにされるよりはよほど信頼できる。

ふっと口許をゆるめた初輝は、コマンドリストを丁寧に折りたたむと財布にしまった。それから和臣に手を差し出し、明るい笑みを向ける。

「じゃあ改めまして。これから三ヵ月間、どうぞよろしくね」

初輝の顔と目の前の手を交互に見た和臣は、一拍置いたのちそっと手を握り返してきた。

「こちらこそよろしくお願いします」

相変わらず淡々とした調子ながら、丁寧な挨拶が返ってくる。仮ではあるものの、こうして初輝に初めてのプレイパートナーができたのだった。

翌週の土曜日、初輝は繁華街にあるコーヒーショップで和臣と待ち合わせをした。

和臣とプライベートで会うのは初めてだ。きっと今日自分はプレイデビューするのだろうと思うと、緊張して二十分も前に到着してしまった。さすがに今回は自分のほうが和臣を待つ側になるはずだ。

しかし予想に反し、道路に面したガラス扉を押し開けた先で、和臣はすでに二人掛けのテーブル席に着いていた。彼の正面には和臣と同じくらい目を引く若い女性が座っている。

艶のあるロングヘアの彼女はエキゾチックな印象の美人だった。すらりと伸びた腕や脚《あし》は座っていても十分にその長さが伝わる。端から見れば美男美女のカップルといった組み合わせだが、女性がしきりに話しかけるのに対し、和臣はぼんやりと窓の外を眺めたままほとんど反応を示さない。

声をかけていいものか分からず入り口付近で立ち尽くしていると、退屈そうに店内を見やった和臣が初輝に目を留めた。女性に一言二言残してテーブルを離れ、和臣はマグカップがのったトレーを手に近づいてくる。

白のクルーネックTシャツに細身のシルエットの黒いパンツ、白のレザースニーカーと、洋服をモノトーンでまとめた和臣は、腕時計だけおもちゃみたいな蛍光グリーンを合わせてアクセントにしていた。全体的にシンプルなコーディネートは和臣の魅力をより引き立てる。店内にいる客が男女問わずちらちらと和臣を盗み見ているのがその証拠だ。

「どうも。今日は随分到着が早いですね」

「それ俺の台詞だから。というか良いの？　さっきの人、まだ席に残ってるけど。知り合いなんじゃないの？」

和臣の肩越しにちらりと目をやれば、女性はテーブルに着いたままじっとこちらを見つめていた。和臣と話し足りないのだろう。

「いえ。初輝さんを待っていたら勝手に俺のテーブルに来て話しかけてきたんです。さっき初めて会った他人ですよ」

振り返りもせずに告げる和臣に、初輝は「え」と戸惑いの声を漏らした。それはつまりナンパというやつか。

和臣のルックスが抜群なのは間違いないが、「あれだけ整ってると隣に並ぶのすら恐れ多い」とやらで、女性社員が和臣に言い寄る姿は社内ではほとんど見ない。淡泊な性格と物言いも有名なので、下手に近づいて冷たく突き放されるよりは目の保養として遠くから眺めよう、と考える者が多いらしい。

その光景に慣れてしまっていたので、Ｓｕｂ以外の相手にも和臣は十分モテる、という当たり前の事実が頭から抜け落ちていた。和臣と引けを取らないほどの容姿端麗な人物でなければ、とても声をかける勇気が湧かないだけで。

「すごいね、なんかモテの真髄みたいなものを見た気がしたよ。そうだよな、どんなに魅力的だろうと、王様の前では平民はみんなひれ伏すもんな」

和臣とともに店を出た初輝は、ガラス扉を閉めながらしみじみと頷く。その言葉に、すぐ隣に立つ和臣は聞き捨てならないとばかりに眉を寄せた。

「初輝さんだって十分モテるでしょう。いろんな人にちょくちょく声をかけられるじゃないですか。今の部署でもそうですし、物流倉庫にいた頃だって」

「あ、なんだ。覚えてたんだ？」

実は初輝と和臣は、和臣のＥＣ事業部での研修を機に知り合ったというわけではなかった。エルアールライトの社員となった初輝が最初に配属されたのは北関東にある物流倉庫で、そこで当時大学生だった和臣もセール期間中の短期アルバイトとして梱包《こんぽう》の仕事を手伝っていた。そのときは社長の息子とはつゆほども知らなかったのだけれど。

三ヵ月前に再会した際、「久しぶり！」と声をかけた初輝に和臣は怪訝《けげん》な顔を向けたので、てっきり忘れ去られているものと思っていた。

「俺はただのワンクッション要員だからさあ。あの人と繋がりが欲しいからセッティングしてほしいとか、問題解決のために相談にのってほしいとか、そんなのばっかだよ」

容姿も性格も灰汁《あく》がないので単純に声がかけやすく、頼みごとをしやすいのだろう。そんな自分のポジションを分かっているので、たとえ女性に食事に誘われても初輝が浮かれることはほとんどない。間違えようがないほど積極的にアピールしてくる女性も稀《まれ》にいるが、付き合ってもどの相手とも一年と持たなかった。残念ながら恋愛にはあまり縁がないのだ。

「初輝さんが額面どおりに受け取りすぎなんですよ」

苦笑とともに肩を竦める初輝に和臣はまだ納得しない様子で、まぶたを半分ほど下げじとっとした視線を送ってくる。

「ええ？　深い意味なんて全然……、……朝比奈くん、今日は俺のこと名前呼びなんだね？」

今日の会話の中で何度目かの名前呼びに、さすがの初輝も気づいて首を傾げた。

「会社と同じ苗字《みょうじ》呼びじゃ味気ないでしょう。プレイはＳｕｂがＤｏｍを信頼することが大前提なんだから、お互い意識して距離を縮めないと」

「なるほど」

「というわけで、初輝さんも俺のことは名前で呼んでください」

突然の要求に初輝は焦った。だが自分のために和臣があれこれ考えてくれているのに、当の初輝が気恥ずかしさを理由に非協力的な態度を取るわけにはいかない。

「か、和臣……くん？」

呼び捨てか敬称をつけるべきか迷い、ぎこちない呼び方になってしまった。和臣にじっと見つめられ、初輝は蛇《へび》に睨まれた蛙《かえる》のように硬直する。やはり真顔だと目力がすごい。

「まあいいでしょう。じゃあ行きましょうか」

満足したのかしないのか、和臣はふいと顔を背けると先に歩き出した。初輝も慌ててあとを追う。

行き先はホテルか、それとも和臣の家か。

（とうとうＳｕｂとして、和臣くんとプレイをするのか……）

とにかく二人きりの空間で彼のコマンドに従うことになるのだろうと思うと、急激に不安が湧き上がり初輝は顔をこわばらせた。仮パートナーとして練習を行う提案を一度は受け入れたのに、いざとなると決心は簡単に揺らいでしまう。

初輝が望まないコマンドは口にしないと和臣は言った。けれど二人きりになったところで万が一手のひらを返されたら、果たして自分に抗《あらが》う術《すべ》はあるのだろうか。電車内で遭遇したＤｏｍに恐怖を抱きながら、自分の意思とは裏腹に初輝の体は「Ｌｏｏｋ」の命令に反応していた。

緊張で唇を固く結びながら初輝が連れてこられた場所は――しかし、ホテルでも和臣の家でもなかった。

「……映画館？」

ガラス張りの高層ビルを見上げ、初輝はぽかんと口を開けた。カラオケやボーリング場との複合娯楽施設であるその建物は、八階から十二階が映画館となっている。初輝たちがいるのは映画のポスターが壁面いっぱいに張られた西側入り口だ。

「なんか観たいのあります？　洋画より邦画派って前に沢田さんと話してませんでしたっけ」

「和臣くん、他人の会話なんか全然興味なさそうなのに、意外とちゃんと聞いてるんだね」

へえ、と思わず感心する初輝だが、どうして映画館に連れてこられたのかはまるで分からなかった。

隣に立つ和臣に顔を向けた途端、同じくこちらを見ていた彼と視線がかち合う。

「ホテルにでも連れ込まれると思いました？」

直球な質問に初輝はどぎまぎした。かといって適当な嘘で誤魔化す場面でもないだろう。

「……うん。今日はプレイをするために会うんだとばかり思ってた」

「明らかに緊張して固くなってる初輝さんを、いきなりそんなとこへ直行させませんよ」

初輝の心の内などお見通しらしい和臣に、初輝は恥ずかしいやらほっとするやらだ。いい年をした大人が子ウサギのように怯えるだなんて、おまけにそれを年下の部下に悟られるなんて情けないったらない。

けれどとてもじゃないが自分から「やっぱりまだ怖い」とは言えなかったので、正直察してもらえてありがたいとも思ってしまう。

「ごめん。せっかく和臣くんの時間を割《さ》いてもらってるのに、余計な手間をかけさせちゃって……」

しょんぼりと肩を落とす初輝を、和臣は無言で見つめた。唐突に手が伸びてきたと思ったら、犬を洗うように頭をわしわしと撫《な》でられる。

「そんなこと全然気にする必要ありませんから。映画館で映画観るの、嫌いじゃないですか？」

「うわっ、え、うん。迫力ある音を聞きながら大きいスクリーンで映画観るの、ストレス解消になるから好きだよ」

「俺もです。今日は一緒に映画を観て、飯でも食いながら感想語って、それだけやって帰りましょう。まずはお互いのことを知って信頼関係を築くところから始めましょうよ」

相変わらずにこりともせず和臣は言った。けれど素っ気ない口振りの裏には、和臣の細やかな気遣いが隠れている。それをありがたく思う反面、三ヵ月という期間限定のパートナーなのに、こんなに悠長にしていていいものかと悩んでしまう。

どうするのが正解なのか分からず視線をさまよわせる初輝に、和臣は少し考えたのち右手を差し出した。

「今の段階でほんの少しでも気持ちを許してくれてるなら、二人で会っている間は俺と手を繋いでください。手を繋いで歩くのだって、相手に身をゆだねる行為の一つでしょう？」

男らしく節くれ立った大きな手と、こちらを見下ろすシャープな顔を初輝は交互に見た。逡巡《しゅんじゅん》は一瞬で終わり、初輝はすぐさま目の前の手に自分の手のひらを重ねる。少しでも迷いを見せれば、和臣はすぐに手を引っ込めるだろうと思った。

「そういやいくつか気になってる映画があったんだよね。アクションとミステリだったら、今日はどっちの気分？」

ごく自然な動作で手を握った初輝に、和臣のほうが驚いた顔をした。ただでさえ人目を引く和臣が、同性と手など繋いでいるものだから、ビルを出入りする人がちらちらとこちらを見ているのが分かる。同性同士のカップルを冷やかすような時代ではなくなったが、和臣の存在感が強すぎるのだ。

それでも手を離す気にならなかったのは、自分のために心を砕いてくれる和臣を傷つけたくないと思ったからだ。

和臣はしっかり繋がった互いの手をまじまじと見つめ、おもむろに目許をゆるめた。アフターケアを施してくれた際に見た、微かだが穏やかな表情の変化に初輝は目を奪われる。

繊細なガラス細工を扱うように優しく初輝の手を握り返すと、和臣は親指の腹でそろりと手の甲を撫でてきた。

「アクションですね。ちょうどいい上映時間があればいいんですけど」

和臣はそう言うと、初輝の手を引いて正面に建つビルに足を踏み入れた。

結果から言うと、和臣と過ごす時間は予想以上に楽しかった。

青春アクション映画だと思って選んだ作品は、予告編のコミカルな雰囲気に反しスプラッタホラー要素が強く、初輝はスクリーン上で突如飛び出してきた敵に驚き「ひっ」と声を出してしまった。そのことを上映後に和臣に報告すると

「大丈夫です。……俺もあのシーンでビクッとしたので、隣で初輝さんが同じ状態になってるなんて全然気づきませんでした」

と気まずそうにしながらも正直に打ち明けてくれた。いつもクールな和臣でもそんな反応をするんだな、と思うとおかしくて、肩を震わせて笑いを堪えていたら「おい」と鋭いツッコミが飛んできた。

その後は二駅離れたところにある、和臣の行きつけのレストランで少し早めの夕飯を取り、十九時頃に店をあとにした。小路を曲がり、店の外まで出て深々と頭を下げる給仕長が完全に見えなくなってから、今度は初輝が「おい」と低い声で和臣を責める。

「あんなきちんとしたレストランに行くなら事前に言ってくれよ！　ラフなカットソーとパンツで来たからめちゃくちゃ焦っただろ！」

「わりとカジュアルなレストランじゃないですか？　俺だってTシャツだし、そもそも個室を用意してもらったんだから別にいいでしょう」

「給仕長がいるレストランをカジュアルと呼ぶものなのかな……。そもそも渡されたメニューに料金書いてないの怖すぎるんだけど」

「客を連れていくって先に連絡してましたからね」

和臣に連れていかれたレストランは、建物自体は小さいながらいかにも老舗《しにせ》といった趣《おもむき》があり、シャンデリアをバックに丁寧に頭を下げる給仕長に初輝は震え上がった。和臣のことは幼少期から知っているらしく「先日もお父様がいらしてましたよ」という台詞には目眩を覚えた。プライベートとはいえ、社長が利用するような店に予告なく連れていくなと思う。

当然ながら料理はどれも絶品で、氷温熟成肉を用いたローストビーフは舌の上で簡単に蕩《とろ》けてしまった。おいしいのはメイン料理だけではなく、「初輝さんが好きなんじゃないかと思って」と言って和臣が注文してくれたサマープティングは、生地に混ぜ込まれた数種類のベリーによる酸味と甘味のバランスが絶妙だった。

突然王子様とのディナーに招かれた平民の娘みたいな心境になりつつ、初輝はほくほくとした顔でデザートまで綺麗に平らげた。ちなみに会計はいつの間にか和臣が済ませていて、セレブの接待スキルを今さらながら実感する。

(食べ方も品が良かったな。給仕長ともごく自然におしゃべりしてたし、ああいう店も行き慣れてるんだろうなあ)

そんなことを考えながら整った顔を斜め横から眺めていると、和臣がふいに初輝を振り返った。足を止め、手を差し出される。

「繋いでもいいですか？」

控えめな調子で尋ねられ、初輝はこくりと頷いた。大きな手のひらに己の手を重ねれば、恭《うやうや》しさすら感じる丁寧な仕草で、和臣がそっと握り返してくる。

（……優しくされてる）

今日一日、和臣は慎重に初輝をエスコートしてくれた。口にする台詞に愛想はなくとも、少しでも初輝を安心させよう、喜ばせようと心を砕いてくれているのが行動から伝わってくる。

今日だけではなく、仮パートナーの話をするため喫茶店で会ったときも、Ｓｕｂ Ｄｒｏｐに陥ったときもそうだった。

「ちょっとは俺に慣れてきました？」

横目でちらりと初輝を見て、和臣はわずかに口許を和らげる。

「次は車で送り迎えしますよ。Ｄｏｍの車にのるのはまだ怖いかと思って、今日は徒歩と電車で移動できる圏内でプランを組んだんですけど」

和臣の口調は普段よりもやわらかく感じられ、照れくさいのと嬉しいのとで初輝は駆け出したいような衝動に駆られた。容姿端麗で、家柄が良くて、仕事ができる完璧な男。そんな相手に、至極凡庸な自分が労られ、優しくされている事実がくすぐったくて仕方ない。

（このまま解散しちゃうの嫌だなあ……）

プレイはなに一つ行わず、自分だけ一方的にもてなしてもらって終了だなんて気が引ける。和臣に対する申し訳なさというよりは、もっとポジティブな感情で、もう少し和臣と一緒にいたいと思ったのだ。

「和臣くん。やっぱり今夜、プレイ……試してみない？」

大きな手をぎゅっと握り、初輝は隣に並ぶ男を見上げた。

「和臣くんは信頼関係が築けたらって言ったけどさ、俺、和臣くんが優しいことはもう十分理解したよ。たくさん気を遣ってくれて嬉しかったし、俺の気持ちをこれだけ尊重してくれる人が、プレイになった瞬間約束を反故《ほご》にするなんてあり得ないと思う」

熱心に言葉を重ねる初輝を、和臣は戸惑った様子で見つめていた。初輝からプレイの誘いをされることなど予想していなかったらしい。

「焦る必要は全然ないですけど……、もしかして抑制剤の副作用がきつくて、早く断薬したいとか？」

心配そうに表情を曇らせる和臣に、初輝はもどかしさを覚え眉尻を下げた。どうしたらちゃんと伝わるのだろう。和臣に大事にされていると実感したときの、そわそわしつつもじわりと湧き出る喜びを、どんな風に言えば分かってもらえるのだろうか。

「そこまでじゃないけど、でも……なんていうのかな。俺、和臣くんを喜ばせたいんだ」

両手でしっかりと和臣の手を握り、初輝は自分の思いを素直に打ち明けた。和臣は珍しく動揺した様子で瞳を揺らしたが、首の後ろに手を当てて思案したのち、視線を外してぽつりと漏らす。

「ああ、……Ｓｕｂとしての本能ですね」

告げられた内容に初輝は目を瞬いた。これはＳｕｂの本能から来る感情だったのか。

初輝が少し戸惑っていると、和臣はスマートフォンを取り出して親指で操作し始める。

「そういうことなら少しだけ試してみましょうか。場所はホテルでいいですよね？」

平淡な調子の声はすっかりいつもの和臣だ。ホテル、の三文字に急激な気恥ずかしさを覚えながらも、初輝は慌てて
「ビジネスホテルとかの、気軽に宿泊できるところで頼むよ。高級シティホテルなんかに連れていかれたら、今日の俺は確実にキャパオーバーするから」

と注文をつけた。


幸いにも最寄り駅付近のビジネスホテルに空きがあり、すぐに部屋に入ることができた。清潔でシンプルな内装のツインルームで、馴染みのあるグレードに初輝はほっと息をつく。

「あ、そうか。冷蔵庫って空なんですね。一度外に出てコンビニかどっかで飲み物でも買います？」

テレビ台の前に屈《かが》み、ミニサイズの冷蔵庫を覗きながら和臣は言った。

「ううん、プレイが終わったあとにでも買いにいけばいいし……、って、プレイのあとって外出できる状態なんだっけ……？」

そもそも自分たちはここに宿泊するのだろうか。宿泊しなくてはならないほど疲れ果てるものなの

だろうか。たとえば、セックスをしたあとのように。

自分も和臣を喜ばせたい一心で誘ってみたが、プレイがどんなものかまったく理解していないことを今になって実感した。後先考えない己の行動に羞恥を覚え、初輝は赤面したまま動けなくなる。

部屋の入り口付近で硬直する初輝を、和臣は腰を上げ無言で観察した。ゆっくりと初輝に近づいてくると、手を引いてベッドまで連れていく。

（いきなり押し倒されたりなんてことはないよな……？）

ホテルとベッドの組み合わせはどうしても性的な行為にイメージが直結してしまう。けれど和臣はガチガチに固くなっている初輝を立たせたまま、自分だけベッドに腰かけた。普段は和臣を見上げている初輝だが、目線が逆転する形となる。

「俺に対して、プレイの約束を反故にすることはないと思う……みたいなこと言ってましたけど。もしかしてこの間渡したプレイリストについても、バツ印を完全無視で好き勝手にされるんじゃないかって考えてました？」

待ち合わせ直後の不安をずばり言い当てられ、初輝は唇を歪め「うっ」と呻いた。まともな返事ができないのがそのまま答えとなる。

初輝の反応にも和臣は気分を害する様子を見せず、適切な言葉を熱心に考えている様子だった。初輝と向かい合ったまま、両手をそれぞれゆるく握り直し、「あのですね」と切り出す。

「たとえば初輝さんに、もうこの子と付き合うだろうなって雰囲気の、良い感じの相手がいたとします。そういう相手に自宅に誘われたとき、ベッドに上がった瞬間急にガムテープで縛りつけられて、自分の意に沿わないとんでもないセックスを強要されるって想像します？」

突然ヘビーな例をあげられ、初輝は目を白黒させた。プレイとは切り離して、普段の恋愛で考えるんだよな……と頭を巡らせた末、初輝は首を横に振る。

「思わないかな。だってそれって犯罪だろ？　見ず知らずの相手ならまだしも、人となりを知って惹かれた相手なら、その人の倫理観なんかもある程度分かってるもんじゃないかな」

「そうです、相手の気持ちを無視した一方的な欲求解消の行為は犯罪です。それは相手がＳｕｂだとしても変わらないんです」

静かに説《と》かれた内容に初輝はぎくりとした。和臣が言わんとする意味が分かった途端、自分がいかに失礼な言動を取っていたかを悟る。

「Ｓｕｂの同意を得ないプレイは、強制性交と同様に法で裁かれます。初輝さんの目には、俺は犯罪に手を染めるような奴として映っていますか？」

凛《りん》とした黒い目にまっすぐに見つめられ、初輝は自己嫌悪と居たたまれなさでいっぱいになった。繋がった指先に力を込め、ふるふるとかぶりを振る。

「そんなこと思ってない。……ごめん。俺、和臣くんに対してすごく失礼なことを考えてた」

初めて陥ったＳｕｂ　Ｄｒｏｐがトラウマになっていたとはいえ、Ｄｏｍそのものに恐怖のイメージを重ねるなんてあまりにも無礼だった。初輝をこれでもかというくらい気遣ってくれる和臣だから冷静に指摘してくれたが、初対面の相手に同じ反応を示していたら、不愉快に思われてあちらからプレイを断られていただろう。

すっかり落ち込んでしまった初輝に、和臣は眉を下げ小さく笑んだ。しょげている初輝を宥めるように親指の腹で手の甲を撫でる。

「でも、実際歪んだ思考の危ないＤｏｍがまったく存在しないってわけでもないですから。初対面のＤｏｍとプレイをするときは、それくらい慎重なほうがきちんと身を守れると思います。初輝さんの真面目なとこ、俺はえらいと思いますよ」

穏やかな声音に、温かな微笑み。それから「えらい」という褒め言葉。公園で自分を救ってくれたものを再び与えられて、初輝はぎゅっと胸をつかまれたような心地になる。

初輝の気持ちが落ち着いたのを察してか、和臣はほっとしたように表情をゆるめた。繋いだ手を軽く揺らして初輝の体のこわばり具合を確認したのち、左の口角を小さく持ち上げる。

「じゃあ簡単なコマンドだけやってみましょうか。セーフワードは『Ｒｅｄ《レッド》』でいいですか？　よく使われる一般的なセーフワードなので、誰が相手でもすぐ言えるようにしといて損はないと思います」

「う、うん」

Ｄｏｍに対する拒絶を意味するセーフワードを、果たして和臣に使うことなどあるだろうか。そんな風に思いながらも初輝はぎこちなく頷いた。他のＤｏｍについては分からないが、少なくとも、和臣に対してはすでにかなりの信頼を置いている。

初輝をまっすぐに見上げた和臣は、まぶしいものでも前にしたかのように目をすがめた。

「俺は絶対に初輝さんを傷つけないし、初輝さんの意にそぐわないことはしないって約束します。だから今これから、プレイの間だけ、初輝さんのコントロール権を俺に預けてもらってもいいですか……？」

初輝の手を口許まで運んだ和臣は、懇願するかのような慎重な口振りで尋ねた。指先に触れそうで触れない唇から、熱のこもった吐息がこぼれ皮膚をくすぐる。たったそれだけの刺激に心臓が跳ねた。

「うん……、分かった。和臣くんに全部預ける」

ドキドキと騒ぎ立てる鼓動を感じながら、初輝は掠《かす》れた声で応えた。普段は強い眼光を放つ和臣の目が満足そうに細くなる。

「ありがとうございます。……じゃあ、初輝さん」

一度言葉を区切ってから、和臣は短く息を吸った。

「Ｋｎｅｅｌ《おすわり》」

空気を震わせる低い声が頭に届いた瞬間、初輝の膝は力が抜けカクッと折れた。目線が急激に低くなり、和臣を見上げる体勢に変わる。

「あ、れ……？」

戸惑いを露《あら》わに周囲を見回した初輝は、ようやく自分の状況を理解した。犬が「おすわり」をするように、初輝は床にぺたんと尻をつけ、和臣の前に座り込んでいた。

「そう。じゃあ、今度は俺の膝に頭をのせてくれますか？」

混乱する初輝に、和臣はやわらかな声音で指示を続けた。今度は強制的に体が動くことはない。けれど初輝の中で強烈に湧き上がったのは、「Ｄｏｍの言うことを聞かなければ」という思考だった。

床に尻を擦《こす》って和臣との距離をつめると、初輝は目の前にある太股《ふともも》に手を置き、こてんと頭をのせた。なぜこんなことをさせるのか、という疑問は湧かなかった。和臣がそれを求めているのだと思ったら、ごく自然に従っていた。

撫でられ待ちをする犬みたいだ、と思ったら、心を読まれたように大きな手のひらが頭にのった。

「上手です。初めてのコマンドにも怖がらないで従えて、初輝さんは本当に良い子ですね」

優しい手つきで髪を梳《す》かれ、頭を撫でられる。その動作と、自分の体勢、かけられた言葉のすべてに、初輝は自分の一連の行動を即座に理解して燃えるような羞恥を覚えた。

（う、嘘だろ……!?　部下の足元に跪いて、撫でてもらうために頭を出すなんてこと、どうして俺は一切の躊躇《ちゅうちょ》なくやってるんだ!?）

しっかり者の和臣に小言を言われることも多いが、会社では基本的に初輝が指示を出す立場だ。それがすっかり逆転している。頬が熱い。背中に汗を掻く。和臣の足に縋るようにも見える格好に、恥ずかしさを感じないわけがなかった。

けれど和臣の手のひらが頭の上を動くたび、「良い子ですね」という言葉を頭の中で繰り返すたび、羞恥以上の感情が初輝の内側にぶわっと広がった。

（どうしよう。こんなの犬みたいで恥ずかしいのに、……でも嬉しい……っ）

　和臣が自分を褒めてくれた。たったそれだけの事実が、胸の中で花開いて初輝を甘美な心地にする。なんでこんなことをしているんだ、と理性が問いただすのに、和臣の命令に従いたいという本能のほうが圧倒的に勝っていて、和臣の足元から離れることができない。

「初輝さん、Ｌｏｏｋ《こっちを見て》」

　いまだ混乱する中、二つ目のコマンドが降ってきた。戸惑いを覚えながらも、初輝の体は素直に命令に従う。情けなく眉を下げ、困り顔で見上げる初輝に、和臣がふっと笑みをこぼした。

「少し涙目になってますね。こういうの恥ずかしい？　いきなり自分の体が動いてびっくりした？」

　初輝の頬を両手で包み、和臣が穏やかに問う。こくりと頷いて見せながら、けれど初輝の胸には新しい喜びが広がっていた。

（和臣くんが俺に笑いかけてくれてる……）

　普段であれば「こんな顔もできるんだ」と驚く程度だが、今は自分でも困惑するほど情緒がぐらぐらになっていて、和臣の一挙一動に心が動いた。和臣が嬉しそうにしていることになによりも充足感を覚える。

　それでも初輝の頬を親指でなぞった和臣は、心配するようにわずかに笑みを曇らせた。

「ちょっとでも嫌なら、セーフワードを言ってくれて構わないんですよ？」

「せーふわーど……」

霞がかった頭で告げられた言葉を受け止め、そのまま繰り返す。けれどその単語がプレイの終了を意味していると悟ると、初輝は大袈裟なくらい首を横に振った。いやいや、と愚図る子供のように。

「やめたくないの？　もうちょっと続けたい？」

「んっ、ん……」

頬にのる手に自分の手を重ね、初輝は何度も頷いた。和臣の親指が頬の上で動いたと思ったら、指の腹で唇をなぞられる。薄い皮をたどる感触がゾクゾクして、堪らなく気持ちいい。

「だったら教えて？　初輝さんがどうされたいか。Ｓａｙ《言って》」

初輝の顎に手を移動させ、指で掬《すく》い上げながら和臣は言った。鼓膜を震わせるコマンドに、初輝はとろんとした眼差しを和臣に向ける。

「もっと俺に、命令して。いっぱい撫でて、いっぱい褒めて……？」

下唇に親指をのせられたまま、初輝は途切れ途切れに言葉を紡いだ。口を動かすたびに舌先が和臣の指に触れて、名状しがたい快感が背中を駆けた。口腔に――体内に、和臣が侵入している。和臣に支配されている。

素直に懇願する初輝に、和臣は嬉しそうに表情を綻《ほころ》ばせた。猛禽類みたいな鋭い目許からは、今はただ慈しむような眼差しばかりが送られる。

「いいですよ。たくさん褒めて、撫でてあげます。ほら、初輝さん。Ｃｏｍｅ《おいで》」

和臣は両腕を広げると、初輝に向かってとびきり優しい笑みを見せた。自分の求めるものを、和臣はすべて与えてくれる。そう思ったら堪らなく嬉しくて、初輝はすぐさま腰を上げ、ベッドに膝をついて乗り上げた。

太股を跨《また》ぐ形で座り、正面から和臣に抱きつく。すぐに和臣も抱き返し、互いの体が深く密着した。

「和臣くん、……かずおみ、くんっ……」

「うん、良い子だね。初輝さんは本当に、いつもよく頑張《がんば》ってますよ。プレイだけじゃなくて、仕事も全部」

　縋りつく腕と同じ強さで、きつく抱きしめてもらえるのが嬉しかった。大きな手のひらで後頭部を撫でられれば、甘い蜜に浸されたような心地がした。性的な快楽とはまた違う、眠りに落ちる一歩手前のような、意識がとろとろに煮崩れる快感が全身に広がっていく。

（これがＳｕｂの本能なんだ……）

　きっと正気を取り戻したら恥ずかしくて消えたくなる。それを分かっていながら、初輝の体は理性よりも本能を優先していた。

「本当に……いつもこれくらい甘えてくれたらいいのに」

しょうがないな、と言わんばかりの苦笑ですら、今は蜂蜜《はちみつ》のように蕩けている。和臣の優しく甘いコマンドに溶かされて、初輝は白いＴシャツの肩に頭を預けた。

　和臣の首元から、薔薇を煮詰めたようなフェロモンが香るのを察し、初輝は夢見心地でまぶたを伏せた。

大型ファッションビル内に展開された「（L/R）ight」のテナントで、店舗スタッフにカメラを向ける和臣を、初輝は離れた場所から見つめていた。

一般人である店舗スタッフが商品を着用したコーディネート画像は、ＥＣサイト利用者が商品の購入を検討する際の重要な資料だ。今日は有給休暇を取得している新野に代わり、和臣が写真撮影を担当していた。いくら優秀とはいえ研修中の社員に撮影を丸投げするわけにはいかないので、主任である初輝も付き添いとして来ている。

レーベル名が書かれた壁の前で写真を撮られていた女性スタッフが、和臣に呼ばれ彼のもとへ近寄っていく。和臣にデジタル一眼カメラの液晶モニターを見せられ、横に並んで画像を確認するスタッフは落ち着かない様子だ。ちらちらと和臣の顔を横目で見ては、液晶モニターに慌てて視線を戻すという動作を繰り返している。

（いやー分かる。分かるよ。和臣くんに慣れてないとああいう反応になっちゃうよね）

懐かしい気持ちで二人のやりとりを見守っていると、斜め後ろから「お疲れさまです」と声をかけられた。振り返れば、まとめ髪の小柄な女性社員が初輝にぺこりと頭を下げた。

「おっ、久しぶり！　どう？　店舗スタッフの仕事はもうすっかり慣れた？」

「はい！　あ、でもまだまだ先輩たちにご迷惑をかけちゃうこともあるんですけど」

そう言ってはにかむ彼女は入社二年目で、学生時代もアルバイトをしていた初輝とは違い、新卒入社ののちに初めて店舗スタッフとして配属された。少しでも早く馴染めるようにと、店を訪れた際は積極的に声をかけるようにしていたためか、今ではこうして彼女のほうから挨拶をしにきてくれるようになった。

初輝の隣に立った女性社員は、どこかそわそわした様子で辺りに目をやった。それから初輝と同じく和臣たちのほうへ視線を向ける。なるほど、やっぱりモテるなと、初輝は悪戯めいた気持ちで口角を上げた。

「和臣くん、今うちで短期の研修をやってるんだけどさ。やっぱかっこ良いよねえ」

「え？　あっ、そうですね。でもちょっと、かっこ良すぎて緊張しちゃうというか……」

「ははは。それもよく分かる」

「わっ、わたしは……倉成さんのほうが話しかけやすくて、ありがたいなって思います。優しいし、気さくだし」

一生懸命初輝を立ててくれたのだろう。頬を赤らめてうつむく彼女を、初輝は微笑ましい気持ちで眺めた。なにか考えるように口を噤んだ彼女は、小さな声で「よし」とつぶやいて、再び正面に顔を向けた。

「あの、実はわたし、いつか本社で勤務したいなって思ってるんです。それで……倉成さんに本社のことを色々教えてほしいので、も……もし良かったら、今度ご飯でもご一緒しませんか？」

　突然のお誘いに初輝はぱちぱちと目を瞬いた。彼女が見つめる先と今までの会話を思い出し、そういうことか、と心の中で深く頷く。

「いいよ。じゃあ近いうちに計画立てようか」

「……！　ほっ、ほんとですか!?」

　初輝の返答に、女性社員はぱっと表情を輝かせる。

「うん。和臣くんも誘ってみんなで行こう」

「えっ？」

「和臣くんだけを連れていくのはなかなか難しいから、他の本社の人たちにも声かける形になるんだけど。まあでも、みんな気の良い人たちだから大丈夫だよ。沢田くんとか若干調子良いけど」

　明るく返す初輝に、彼女は「そ……そうですね」と力なく言った。きょとんとする初輝の正面から、和臣が大股で近づいてくる。

「終わりましたよ。念のため初輝さんも画像の確認をしてください」

「お……おお。了解」

　返事に動揺が表れたのは、さりげなく混ぜ込まれた名前呼びに、六日前に初めて和臣と行ったプレイを思い出したからだ。

　初級編のごく簡単なコマンドに従っただけなのに、和臣は職場では決して見せることのない甘く優しい笑みを初輝に向け、頭を撫でて抱きしめてくれた。

それだけならまだしも、初輝自身も幼げな口調で和臣に「褒めてほしい」と要求し、蕩けきった表情を見せた。雲の上を歩くようなふわふわした心地が消えたあと、初輝に襲いかかったのは尋常ではない羞恥心だった。

しかしそれと引き換えに、中途半端に引きずっていた体調不良が全快したのも事実だ。

（やっぱ俺、Ｓｕｂになったんだなあ。診断は出てたけど、実際にプレイをやってみてようやくきちんと実感した気がする）

処方された抑制剤は頓服薬であり、プレイによって体調が回復した際は服薬を中止するよう言われていた。おかげで今は副作用による胃の不快感もなく、初輝の日常は以前の状態に戻りつつある。週末に一回、金曜日か土曜日のどちらかに、和臣とプレイをする約束をしたこと以外は。

（ってか和臣くん、近くない？）

肩が触れる位置でカメラの液晶モニターを見せてくる和臣に、初輝はどぎまぎしてしまい顔が上げられない。距離が近いせいでＤｏｍ特有のフェロモンが香ってくるのだ。

集中力を欠く初輝を、すぐそばで和臣がじろりと睨んだ。

「ちゃんと見てます？　なんかずっとぼんやりしてません？」

「見てます見てます！　全部おっけーだよ」

つんけんした声もいつもより近くで響き、初輝は内心で悲鳴をあげた。一体誰のせいでぼんやりしていると思っているのか。

「じゃあ行きましょう、平日とはいえ仕事の邪魔になるし。お時間をいただき、どうもありがとうございました」

和臣が声をかけると、勤務中の店舗スタッフたちも慌てて頭を下げた。そのまま和臣は初輝の背中に手のひらを当て、ぐいぐい押してテナントの外へと誘導する。隣にいた女性社員に目をやれば、彼女は名残《なごり》惜しそうに初輝を見つめてから丁寧に一礼した。

様々なショップが並ぶ通路に出ると、和臣はいかにも不機嫌そうに眉を寄せ、責めるような視線を向けてきた。

「鈍すぎか、あんたは」

「へ？」

「知ってましたけど。ちょっとこっち来てください」

細い通路へ入り、奥まった場所へ移動した和臣は、周囲から完全に人影が消えると初輝と向き合った。和臣は相変わらず面白くなさそうな顔をしているので、初輝はたじろぎ思わず数歩後退する。背中に壁が当たると同時に和臣が踏み込んできたので、自然と壁際に追いつめられる形となった。

「初輝さん。俺と手繋いで？」

大きな手のひらを見せる和臣に、初輝はなにがなんだか分からず目だけを上向けた。簡単に触れられる距離にいるくせに、和臣は決して強引に初輝の手を取る真似《まね》はしない。

ただじっとこちらを見つめる双眸《そうぼう》に、懇願するような気配を感じて初輝はドキッとした。

出された手の上に右手をのせると、やはり繊細な仕草で和臣が握り返してくる。

「言ってなかったですけど、プレイパートナーと恋人を完全に分けて考えるの、俺はあまり好きじゃないです」

「へ？　え？」

「だから俺とのチュートリアル期間中は他に恋人を作るの、無しにしてもらってもいいですか？　俺も作る気ないんで」

普段からぶっきらぼうに響く声音が、今日は一段と棘のある印象だった。いや、そんな嫌みな雰囲気ではなく、これは、なんというか……――。

（……嫉妬《しっと》？）

頭に浮かんだ考えに、まさか、と初輝は焦った。自意識過剰もいいところだが、和臣は初輝の手を握ったままさらに距離をつめてくる。うっかりすると額が触れ合いそうな位置で、和臣はじっと初輝を見据《す》えた。

「そういうの嫌ですか？」

潜めた声に問われ、初輝は思わず唾液を飲み下した。真剣に、けれどどこか拗《す》ねた調子で向き合う年下の男に、初輝は短い間ののちにこりと笑みを返す。

「ううん、嫌じゃない。約束どおり三ヵ月間は誰とも恋人にならないし、そもそも良い感じになる予定の相手なんて心当たりがまったくないから安心して」

和臣くんほどモテないしね！　と初輝は明るく告げた。けれど和臣はうさんくさいものでも見るかのようにますます顔を歪める。一度視線を外して初輝から一歩分離れるも、すぐにまた強い眼差しを寄越した。

「とにかく、あと三ヵ月の間は、初輝さんは俺のＳｕｂだから」

一瞬だけぎゅっと手を握ると、和臣は初輝を解放して元来た道を戻っていった。

訳が分からないままその後ろ姿を見送った初輝は、壁に背中を預けたままずるずるとその場にしゃがみ込む。今さらながら頬が火照り、鼓動が速くなるのを感じた。

（えええ……なんだよそれ。Ｄｏｍの独占欲ってやつ？）

熱くなった顔を両手で覆い、ゆるんでしまいそうな口許を初輝は必死で隠した。

Ｄｏｍは基本的に、お気に入りのＳｕｂが他のＤｏｍとプレイを行うことを良しとしない。だから特定の相手がいる証《あかし》としてＳｕｂにカラーを贈り、身に着けさせることで他のＤｏｍが寄ってくるのを防ぐのだという。

一般的には、カラーを贈る・身に着けるという行為を経て、ＤｏｍとＳｕｂは正式なパートナーになったと認識されるものらしい。

（でもやっぱり、ちゃんとしたパートナーじゃなくても、Ｄｏｍに束縛されるのって嬉しいもんなんだな。恋人に嫉妬されて「可愛いなあ」って思うことはあっても、こんな風に舞い上がることなんて今までなかったし……）

心も体も確実にＳｕｂに変異しているのだということを実感しながら、初輝は照れくささに眉を下げつつ立ち上がった。今夜初輝は、二度目となるプレイを和臣の自宅で行う予定になっていた。

気合いを入れて仕事に取り組み、定時で会社をあとにした初輝は、和臣とともに彼が一人暮らしをしているマンションへと向かった。

三十三階建てのタワーマンションの十七階にあるその部屋は、七十平米の１ＬＤＫだった。アイボリーとネイビーをベースにしたインテリアはすっきりした印象で、ペニンシュラ型キッチンから一《ひと》続きになっているリビングは、中央にソファとローテーブル、テレビに、あとは本棚とパソコンデスクが設置されている以外には目立った家具がない。

しかしながらそのリビングにはホームシアター用の設備が揃《そろ》っていて、ソファの前に立った初輝は電動スクリーンが設置された天井を半ば呆然と見上げた。斜め前では和臣がプロジェクターにリモコンを向け操作している。

「父が購入したもののほとんど使っていないマンションがあったので、会社に入社したときに譲り受けたんです。『管理すると思って住んでくれないか』と頼まれてしまって」

「いや、使わないマンションを持ってるってどんな……？」

「世界中を飛び回るのが趣味みたいな人ですから。適当に夕飯作るんで、ソファにでも座って適当にくつろいでてくださいよ。ドラマでも映画でも自由に観ててくれていいんで」

電動スクリーンを下ろし初輝にリモコンを渡した和臣は、リビングと続いている広いキッチンへ向かった。あれだけ広い作業スペースがあれば、なんでも楽しく料理ができそうだ。

「なんか手伝うことある？」

と背中に問うが、すぐに「大丈夫です」と返事が来た。初めて訪れた人間がキッチンでうろうろしたところで邪魔になるだけだろう。くつろげる気はまったくしないが、初輝はひとまず言われたとおりにソファに腰を下ろす。

スクリーンに動画配信サービスのメインページが映し出され、リモコンを操作して作品紹介ページをチェックした。しかし初めて訪れたマンションで、一人暮らしには広すぎるリビングで、自分だけゆっくり動画鑑賞する気にはやはりなれない。

左側に位置するキッチンに顔を向ければ、和臣は手際良く料理の下準備を進めていた。

（掃除も行き届いてるし、料理も慣れてるみたいだし。本当、完璧すぎて隙がないというか……）

昼間、仮パートナー期間中は恋人を作らないでほしいと言ってきたときは、自分に対する執着のようなものを感じて正直ちょっと可愛かった。けれどこれほど完璧な男が、初輝を特別扱いしているなどとどうして勘違いできたのか。

（和臣くんが執着してるのは、俺個人じゃなくて俺のＳｕｂ性なんだよな。当たり前だけど）

和臣にとっての自分は、要領が悪くて放っておけない社員の一人でしかないだろう。初輝がＳｕｂ

に変異しなければ、こうしてプライベートでまで関わりを持つなんてあり得ないことだ。生きる世界が違う人間なのだとつくづく思い知らされる。

さくらんぼ農家である実家から市場に出せない傷ものがたくさん届いたので、手土産にと持ってきたが、かえって迷惑だったかもしれない……と今さらながらに恥ずかしくなってきた。

所在ない気持ちでソファにもたれた初輝は、ビジネス書が並ぶ本棚に見知った文字を発見した。興味を惹かれ腰を上げる。

「和臣くん、本棚にある本見ても大丈夫ー？」

「なんでもお好きにどうぞ」

キッチンに向かって声を張り上げるとすぐに応えが返ってきたので、初輝は遠慮なく本棚の前に移動した。「Photoshop《フォトショップ》の基本操作」と書かれた分厚い技術書は、上部からいくつもの付箋《ふせん》が飛び出している。

それを本棚から引き抜いてペラペラ捲ると、紙面には実際に操作した際の注意事項が、和臣の字で細かく書き込みされていた。テキストの重要な部分にはマーカーを引き、知識を身に着けようと努めていることがうかがえる。

（会社の備品じゃなくて、和臣くんが個人的に購入した本ってこと？　平塚さんにフォトショの操作を教わったとき、本の持ち込みなんてしてたっけ？）

ほんの二ヵ月ほど前の記憶を必死に掘り起こしてみるが、写真加工を担当する平塚のもとで画像編集ソフトの操作説明を受けていたとき、和臣の手元に置かれていたのはメモ帳とペンくらいのものだった。そもそも平塚や新野の代打が務まるほど、和臣にしっかり仕事を教え込む予定は当初はなかったのだ。

　和臣のＥＣ事業部での研修期間はきっちり半年で終わり、その後は経営推進部の配属となる。ごく短い期間しか在籍しない新人を戦力としてカウントしたら、和臣がいなくなったあと仕事が回らなくなってしまう。

　だからＥＣ事業部では和臣の受け入れが決まった際、通り一遍の指導だけ行って研修期間を無難に終える予定だった。戦力にならなくてもいい。誰かしらの補助ができる程度に動いてもらえれば上出来だと思っていた。多分、どの部署でも同じ考えだっただろう。

　けれど一週間ほど和臣の面倒を見た平塚は、興奮した様子で初輝に報告してきた。

『噂《うわさ》には聞いてましたけど、朝比奈くんめちゃくちゃ優秀ですよ！　あっという間に操作覚えちゃって、簡単な加工なら任せられるようになっちゃいましたもん』

　その言葉に、「天は二物も三物も与えるもんだなあ」と初輝は腕組みして頷いた。初輝自身は、幼少期より特に秀でた才能もなく凡庸な人生を歩いてきたので、家柄と才能、魅力のすべてを持ち合わせる和臣が正直少しうらやましかった。

　おもむろに顔を上げた初輝は、電源が入ったままになっているデスクトップパソコンのモニターに目を向けた。表示されているトップ画面に、見覚えのあるアイコンを見つける。

それは会社で使用している画像編集ソフトのマークだった。

(経営推進部でフォトショなんて使う機会そうそうないよな？　自宅で勉強するためにわざわざ自分で契約した……？　たった半年の、EC事業部での研修期間のためだけに？)

本棚に目を戻した初輝は、付箋が貼られているのが今手にしている技術書だけではないと気がついた。アパレルショップ運営のノウハウや、営業術についての書籍、性別や年代を問わない数多くのファッション誌。それらのすべての本から無数の付箋が顔を出している。

和臣はただの業務補助で終わる気なんか一ミリもなかった。EC事業部で、今まで研修を行ったすべての部署で、和臣はきちんと戦力になろうと人知れず努力していたのだ。

(うわ……俺、最悪だ……。和臣くんの努力も知らないで、自分とは違うって勝手に線引きして壁を作ってたなんて、卑屈にもほどがあるだろ)

初輝は額に手を当て、自分への苛立ちに奥歯を嚙みしめた。

和臣の努力の証である付箋だらけの技術書をぎゅっと抱きしめたのち、本棚へ戻して迷いなくキッチンへと歩き出す。

「和臣くん、やっぱり俺も手伝うよ」

家庭料理程度しか作れないが、切ったり焼いたりくらいは問題なくこなせるはずだ。そう勢い込んで和臣に近寄っていった初輝だが、奥行きの広いカウンターにはすでにいくつかの料理が並んでいた。

彩り鮮やかな野菜をゼリーで閉じ込めたテリーヌに、枝豆かほうれん草とおぼしき緑色のポタージユ、赤や黄のパプリカを使用した洋風の肉詰め。
おしゃれレシピ本の表紙を飾れそうなキラキラ料理の数々に、今し方奮い立たせたばかりの初輝の心は早速折れそうになる。

「帰ってきてすぐにこんな豪華メニュー作れる……？　手際良すぎない？」

「初輝さんが来るって分かっていたので、昨日からある程度仕込みはしてましたし。あとはポテトグラタンが焼ければ終わりです」

使い終わった調理器具を手早く洗っていく和臣に、初輝は「グラタン？」と思わず聞き返した。後ろで稼働中のオーブンレンジに目をやれば、確かにチーズがたっぷりのった皿が焼かれている。

「和臣くん、グラタン好きなの？」

「え……なにかおかしいですか？」

「いや、冬のイメージの料理だからさ。夏場にわざわざグラタンを焼くなんて、よっぽど好きなんだなって思って」

マンション内は空調が効いていて快適な室温が保たれているが、七月にはなかなか作る気にならないメニューだ。しかし大して深い意味もない初輝の質問に、どうしてか和臣は視線を泳がせた。

「えっと、その……」

和臣らしくない訥々《とつとつ》とした物言いで間を繋ぎながら、大きな手が生クリームのパックに伸びた。使いかけのそれを流しに捨てようとする姿に初輝はぎょっとする。

「ストップストップ！　なんで捨てようとしてんの！」
「え？　だって生クリームなんて残しておいても使い道がなくないですか？」
「あるだろ！　クリームパスタに使ったり、かぼちゃサラダに混ぜたり！」

和臣の手から生クリームを取り上げると、初輝はちらりとカウンターに目をやった。テリーヌを作ったのであればゼラチンが、ポタージュ用に牛乳が残っているのではないか。

「じゃあさ、グラタンが焼けるまでの間、俺と一緒にデザートでも作ろうよ。パンナコッタだったらすぐできるし、ご飯食べ終わったあたりにちょうど固まるんじゃない？」

和臣のような洒落たメニューは作れないが、初輝も基本的に料理をするのは好きだった。時折無性に手作りデザートが食べたくなるので、自宅にはゼラチンと寒天、ベーキングパウダーを常備している。

料理が得意な和臣なら、ゼラチンを溶かして混ぜるだけのパンナコッタ作りくらいなんてことないだろうと思った。けれど和臣は動揺したように瞳を揺らす。

「パンナコッタ好きじゃない？」
「そんなことはないですけど……」
「あ、どうせだから俺が持ってきたさくらんぼを使ってコンポートも作ろう。こっちは砂糖が溶けるまで放置しなきゃだからちょっと時間かかるけど、ヨーグルトに混ぜてもおいしいから朝にでも食べてよ」

我ながら良いプランだ、と初輝はいそいそと手を洗った。和臣にパンナコッタの準備を頼み、初輝はさくらんぼの種を取り始める。

「ゼラチンふやかしておいてくれる？　で、その間に牛乳と生クリームと砂糖を温めておいてよ」

初輝はキッチンばさみを使ってどんどん種を取りながら指示を出した。普段から料理をしているなら大したことのない要求だと思ったが、和臣は戸惑った様子でゼラチンの箱を手に取り、裏面の説明書きを真顔でにらんでいる。

スーパーでよく見る一般的な粉ゼラチンを、和臣は慎重にガラス製のボウルへ入れ、何度も説明書きを確認しながら水を注いだ。

「ゼラチンを混ぜるのって、泡立て器……ですか？」

「ん？　俺はスプーンでちゃちゃっと混ぜちゃうけど、別になんでもいいんじゃない？」

それほど気にするポイントだろうか、と初輝は首を傾げるが、和臣は至極真面目な顔でスプーンを準備した。ゼラチンを掻き混ぜ、横目で初輝の反応を確認して、またぎこちない手つきで何度か混ぜる。

ようやくゼラチン入りボウルから離れた和臣は、冷蔵庫から牛乳を取り出して動きを止めた。ワークトップに置かれた生クリームを見つめたのち、再びおずおずと初輝に尋ねる。

「温めるっていうのは、レンジでって意味ですか？」

「レンジ、今はグラタンが入ってるだろ？」

「あ、そうか」

「小鍋でいいよ。牛乳が冷たいと砂糖が溶けないからさ」

その説明に和臣は納得した様子で小鍋を用意し、牛乳と生クリームを入れた。一方の初輝は降り積もる違和感に、んんん？　と首を捻る。

さくらんぼを砂糖とレモン汁に漬けてコンポートの下準備を終えると、初輝は和臣を手伝っててきぱきとパンナコッタ液を仕上げ、適当な大きさの器に注いだ。それを冷蔵庫へ入れてパンナコッタ作りが一段落すると、和臣は冷蔵庫に両手をついてうつむき、盛大なため息を吐く。

「あの……間違ってたらごめんだけど、もしかして和臣くんって」

大仕事をやり終えたと言わんばかりに疲弊した背中に、初輝は恐る恐る声をかけた。

「………苦手なんです。料理」

顔を床に向けたまま、和臣は重大な秘密を打ち明けるかのような声音で告げた。

「やっぱり」と「まさか」が頭の中を巡り、初輝はカウンターに並ぶ料理をちらりと見る。重たい体を起こすようにして振り返った和臣が、初輝の視線の先にあるものを察して気まずげに口を開く。

「次回は俺の家でプレイをしましょうって初輝さんに声をかけたときから、同じ料理をめちゃくちゃ練習したんです。今日のメニューをもう四回は作りましたよ」

おかげですっかり飽きてしまった、とこぼす和臣に、初輝はいまだなにがなんだか理解が追いつかない。

「別に無理して料理を振る舞ってくれなくても、出来合いのものをテイクアウトすれば良かったのに」

初輝だって自炊することに並々ならぬこだわりがあるわけではないし、チェーン店の牛丼やコンビニ弁当もおいしくいただく派だ。和臣がそういった店から夕飯を持ち帰ったとしても「おっ、うまそう！」と嬉々《きき》として箸《はし》をつけていただろう。

初輝の言葉に和臣はふいと顔をそらし、不機嫌そうに眉を寄せた。けれど見慣れたはずの鋭い目許が、今日はほんのりと赤く染まっている。

「苦手なことがあるって知られたくなかったんです。……格好つけていたかったんですよ、初輝さんの前では」

もうどうにでもなれと言いたげな、投げやりな口調で和臣は吐露した。口を半開きにした間抜け面《づら》で端正な横顔を見つめていた初輝は、苦しいような切ないような、それでいてくすぐったくて甘い気持ちが湧き上がるのを感じ胸を押さえる。

（え。えええ？　それって、それってつまり……パートナーのＳｕｂの前だからってこと？）

きゅん、というオノマトペが似合う感情が押し寄せて、初輝は手足をばたつかせたくなるほどのむずがゆさを必死に堪えた。仕事でもプライベートでも一生懸命背伸びをしていたのだと思うと、この年下の男が急激に可愛く見えてしまって仕方がなくなる。

「あー……、格好わる……」

Ｄｏｍのデレは破壊力がやばい。と、初輝が心の中で大騒ぎしていることなどつゆ知らず、和臣は首の後ろに手を当ててばつが悪そうにうなだれる。

　いつもより近い位置へと下りてきた頭に、初輝は反射的に手を伸ばしていた。黒髪に指を差し入れ、前回のプレイで和臣がしてくれたように優しく撫でる。初輝に触れられた途端、和臣の体はぎこちなく硬直したが、それは一瞬のことだった。

　初輝のほうへ上体を倒した和臣が、肩にトンと額をのせてくる。急激に縮まった距離に焦ったものの、初輝は平静を装って和臣の頭を撫で続けた。

「……がっかりした？　しょうがない奴だなって呆れてます？」

　馴染みの良い低音が顔のすぐそばで響いた。いつもより力ない印象なのは落ち込んでいるからだろうか。

「がっかりなんてするわけないだろ。俺のために頑張ってくれたなんて嬉しいに決まってる」

　声に出したらますます心がふわりと浮き上がって、初輝は知らず知らず口許を綻ばせた。その返答を聞いてようやく安心したのか、和臣の体から力が抜ける。その分肩にのる重さは増したが、和臣がリラックスしてくれているのは初輝も嬉しかった。

「グラタンは母親が誕生日とクリスマスに必ず作ってくれたんです。だからお祝いやおもてなしのときに作る料理ってイメージがあって……考えてみたら俺、冬生まれでした」

　懐かしむような調子で言いながら、和臣は初輝の腰に腕をゆるく巻きつけてきた。抱き寄せられてさらに距離が近くなる。

「じゃあ今度は俺が和臣くんのためにグラタンを作るよ。今日作ってくれたのも食べるのが楽しみだけどね」

完璧で隙がないように思えていた和臣の意外な一面に触れ、一気に親近感が湧いた。穏やかな気持ちで初輝が微笑めば、和臣が唐突に口を閉ざした。

「あんたはどうしてそう……」

ゆっくりと顔を上げた和臣は、どこか悔しそうな、でも不思議と楽しげにも見える表情を浮かべていた。右手がするりと初輝の頬を撫で、指先が微かに耳朶《じだ》を掠める。わずかに首を傾けた和臣は、目を細めて左の口角を上げた。

「今すぐ初輝さんを跪かせて、俺を求めてぐずぐずにさせたい」

「……っ」

印象深い双眸に肉食獣の獰猛《どうもう》さを宿し、初輝だけをまっすぐに見据えて和臣は告げた。決して大きな声を出したわけではないのに、甘く低いその音は初輝の皮膚を震わせる。服の裾に火をつけられたように、一気に全身へ熱が広がっていく。

豪奢な花を思わせる芳香がふわりと匂い立ち、初輝は喉仏を上下させた。

（これが、本気でＳｕｂを誘惑するＤｏｍ……？）

前回は初輝を怖がらせないよう、極めて控えめなプレイしかしていなかったのだろうと思い知らされる。視線に射抜かれるだけでくずおれそうな、強烈な存在感にくらくらと目眩がした。食らいつい

てくれと自ら喉を差し出したくなるような、圧倒的王者に対する官能にも似た従属の欲望。

　足が震えて力が入らなくなった初輝を、和臣が正面から抱きしめて支えた。耳の縁に唇を寄せ、和臣は囁《ささや》く。

「夕飯は後回しになっても平気ですか？」

　唇の表皮が耳に微かに触れ、すぐに離れて、代わりに吐息が中を犯す。ゾクゾクとした感覚が背中を駆ける中、初輝はぎゅっと目をつむって広い背中に腕を回した。

「グラタン、出しておかないと焦げちゃうから……」

　耳まで真っ赤に染めながらオーブンレンジを指差す初輝に、和臣がおかしそうに息をこぼした。


　和臣に腰を抱かれ、初輝は覚束ない足取りで寝室へと連れ込まれた。部屋の明かりは消したままだが、窓の外に宝石を散りばめたような夜景が広がっているため、完全な暗闇にはならなかった。

「Ｓｉｔ《座って》」

　クイーンサイズのベッドを指差しながらのコマンドに、初輝は首肯して従った。跪かせたいなどと言ったくせに、足元に屈み込んだのは和臣のほうで、コットンパンツの上から初輝の膝に口付けてくる。

　ふくらはぎのラインを手のひらでたどりながら、膝頭に軽く歯を立てられると、食われる直前の草食獣のような気持ちになって息が上がった。怖いのではない。自分は今、和臣の支配下にあるのだと思いひどく興奮していた。

「は……っ、ぁ……和臣くん……」

「初輝さん、ちょっと噛むだけですぐとろんとしちゃいますね。悪いＤｏｍに引っかからないようにちゃんと躾《しつ》けないと」

躾、という単語に反応して口腔に唾液が溢《あふ》れ、初輝は「んっ」と声を漏らして飲み下した。薄暗がりの中に浮かび上がる和臣の壮絶なまでの色香が、Ｄｏｍのフェロモンと混じって初輝を酔わせた。

「靴下だけ脱がせてもいいですか？」

膝から脛《すね》、足首に唇をずらしていきながら、和臣は目だけを上向けて初輝に問う。背後についた腕で体を支える初輝は、和臣の意図が分からないまま「うん」と答えた。

和臣の指が靴下の履き口にかかる。踵《かかと》を滑らせ、土踏まずをなぞりながら脱がせていく。ただそれだけの動作が妙に蠱惑《こわく》的で、初輝は目をそらすことができなかった。

初輝の素足を手のひらにのせると、和臣は恭しくこうべを垂れ、足の甲へ口付けを落とした。

「ふっ……」

形の良い唇が皮膚に押し当てられる、その些細な刺激にすら初輝は吐息を震わせた。血管の浮き出た部分や、足の側面に次々と口付けを施しながら、和臣の顔は足先へ向かっていく。

指の先端へ唇を当てた和臣は、親指に軽く歯を立てたのち、赤い舌を覗かせべろりと舐めた。

「あっ、や、だめ……汚いって……！」

慌てて足を引っ込めようとする初輝だが、和臣の両手に足首を固定され動かすことができなかった。

その間にも和臣の舌は親指と人差し指の間に入り込み、ぬるぬると出入りする。

駄目だ、和臣にそんなことをさせてはいけないと思うのに、羞恥を感じれば感じるほどＳｕｂの体は煮えたぎるような興奮を覚えた。倒錯的な悦楽に初輝は堪らず顔をそらす。

「駄目ですよ、初輝さん。Ｌｏｏｋ《こっちを見て》」

湿った空気を揺らす低い声が耳に届き、初輝は弾かれたように顔を正面に戻した。和臣は「良い子」と薄く微笑んで、さらに深く初輝の親指を飲み込んでいく。ちゅ、ちゅぷ、と粘着質な水音が暗がりに響き、視覚と聴覚の両方から初輝を辱める。

（どうしよ……。恥ずかしいのに、ふわふわして気持ちいい……っ）

自分の体の一部を和臣のいいようにさせている事実が、初輝をどうしようもなく滾《たぎ》らせた。肌をしっとりと汗で湿らせながら、けれど初輝は、なにかが足りないと思う。

前回のプレイで和臣に優しく抱きしめてもらった記憶がよぎった途端、初輝はほとんど意識しないまま、足元にいる男に向かって両腕を伸ばしていた。

「和臣くん……抱っこして？」

熱に浮かされた口調で初輝はねだる。和臣が驚いた様子で口から親指を引き抜けば、唾液の糸がたらりと弧を描いた。それを手の甲で拭ってから和臣は腰を上げる。

「くっついてなかったから寂しくなっちゃいました？」

「ん……」

「初輝さん、ベッドの上に転がれますか？　Ｒｏｌｌ《仰向けになって》」

新しいコマンドに胸が高鳴り、和臣と目を合わせたまま初輝はベッドに身を倒した。その上に和臣がのしかかってくる。

ベッドに肘をついて初輝に体重がかからないよう注意しながら、和臣はそっと体を重ねた。右手を初輝の左手と絡めて顔の横に置き、左手で頬を包む。

「初めてのコマンドもちゃんと聞けましたね。それにしてほしいことをちゃんと言えて、初輝さんは本当に良い子だ」

鼻が触れそうな至近距離で和臣は囁き、整った顔をやわらかく崩した。自分に向かって微笑んでくれたことが嬉しい。でも胸がドキドキと騒いで苦しい。充足感と切なさが同時に込み上げて、初輝は堪らず和臣の背中に腕を回し、肩に頬をすり寄せた。

「……もう少しだけ、体に触れても平気ですか？」

誰に聞かれるわけでもないのに、和臣はまるで内緒話でもするかのような音量で尋ねてきた。全身で密着しているのに、これ以上どこに触れるのだろうと思いながら初輝は頷く。

わずかに身を離した和臣は、初輝と繋いでいた右手をほどき手首へ滑らせた。腕を通って肘《ひじ》へたどり着き、親指の腹で関節をなぞって、今度は二の腕を撫でる。

和臣は母親が赤子の肌をさするような、これ以上ない繊細さで初輝の素肌に触れた。丁寧に扱われてほっとするのに、熱を孕《はら》んだ焦燥が込み上げるのを感じ初輝はまぶたを伏せる。

和臣の手は肌が露出した部分からＴシャツをまとった場所へと移動し、なおも初輝の体のラインをたどった。手のひら全体で肩に触れ、胸、脇腹と、まるで初輝の感触を自身に教え込むように撫でていく。相変わらずもどかしくなるほどの、表面だけを掠めるような触れ方で。

「ぁ……ッ、ん、……あ……っ」

喉を反らした初輝は、薄く唇を開いて微かな喘《あえ》ぎ声を漏らした。まぶたで視界を閉ざす中、初輝の上で和臣が身じろぎ、首筋に顔を埋めてくる。

「初輝さん……」

くぐもった声で名を呼ぶと、和臣は左腕を初輝の腰の下に回しぐっと引き寄せた。互いの体が深く密着したと思ったら、下肢にゴリッと固いものがぶつかった。

思わず目を開けた初輝は、己の状態を瞬時に察して青くなる。自分を抱く腕にさらに力を込めた和臣に対し、初輝は咄嗟《とっさ》に声を張り上げた。

「れ、Ｒｅｄ！」

突然告げられたセーフワードに、和臣は電源を落とされた機械のように動きを止めた。沈黙が落ちたのはほんの数秒で、すぐさま初輝の体の上から退《ど》くと極力距離を取りベッドの上に正座する。

「すみません。完全に調子にのりました」

動転した様子の和臣は、太股に手を置き素直に頭を下げた。先ほどまで熱っぽく初輝の名を呼んでいた声は、今やすっかり固くなっている。

明らかな後悔と自己嫌悪の念を放つ和臣に、初輝は慌てて上体を起こした。

「違う！　和臣くんが怖かったとか嫌だったとか、そういうんじゃなくて……っ」

和臣を落ち込ませたくなくて反射的に否定の言葉が出たが、最後まで言いきる前に初輝は声をつまらせた。湧き上がった羞恥心で茹《ゆ》でられたように顔が熱くなる。

それでも正しく説明しないことには納得してもらえないだろうと、初輝はTシャツの裾を引っ張って下腹部を隠しながら口を開く。

「あの、なんていうか、その……た、勃《た》っちゃったから、恥ずかしくて……」

しどろもどろになりつつ初輝は言った。和臣が無言で目を見開く様子を視界の端で捕らえ、できることなら今すぐ消えてしまいたい……と打ちひしがれる。

動揺したように視線を泳がせた和臣は、口許を手で覆いながらもごもごと返した。

「それは……その、別に気にしないでください。……俺もなので」

予想外の返答に驚いて思わず和臣の下肢に目を向けると、ネイビーのアンクルパンツの前が膨《ふく》れている。さらに体温が上がった気がして、初輝は勢い良く顔を背けた。どこを見ていたのかバレバレだろ、とすぐに自分の行動を悔いたがあとの祭りだ。

なんとも言えない気まずい空気が寝室に満ちた。笑い飛ばそうにも話題を変えようにも、頭が思考することを放棄していて次の言葉が出てこない。

困り果てる初輝の斜め前で、和臣が「あの」と口を開いた。

「やっぱり俺が悪かったんです。初輝さんは性的なプレイを望んでいないと分かっていたのに、自制できずにやりすぎました」

静かな声音で反省の言葉を語る和臣に、初輝はどう返事をしたらいいのか分からずにいた。

プレイにセックスを含むのは嫌だと、Ｓｕｂと診断された直後の初輝はそう考えていた。Ｄｏｍの意のままに操られる中で裸を晒し、しどけない姿を見られるのは耐えられないと思った。今でも正直、他のＤｏｍに対しては抵抗がある。

けれど和臣に心と体を預けるのは、自由を奪われるというより庇護《ひご》される感覚に近かった。自分のすべてを肯定されて、優しく抱きしめられ、幸福な蜜にどっぷりと浸される。

それが分かっているから、足に口付けられ指をしゃぶられるのも、ベッドの上で淡い愛撫《あいぶ》を施されるのも、ちっとも不快に感じなかった。勃起したのが自分だけではないと気づいていれば、セーフワードなど使わなかったのではないかと思っているくらいだ。

けれどそれを和臣に正直に伝えていいものか。期間限定の、仮パートナーでしかないＤｏｍに。

「俺、本当に……嫌だったわけじゃないんだ」

頼りない台詞だとは分かっていた。理由を述べられないのでは「気を遣わせた」と思われるだけだろう。それでも否定せずにはいられなかった。

「ありがとうございます」

案の定、和臣は困ったように笑って軽く頭を下げた。

「セーフワードを使ったことについては、気に病む必要はまったくないですから。むしろ自分の意思をきちんと訴えられたのは良いことなので、誰が相手でも臆せず伝えてください」

「うん、分かった」

「あとトイレを使うならリビングを出たところにあるので」

「トイレ？　あっ、お、お気になさらず……。多分そのうち収まるから」

初輝が顔の前で手を振れば、和臣は「じゃあ先に行ってます」とリビングへ戻っていく。寝室へ一人残された初輝は、扉が閉まる音を聞いてからベッドに再び仰向けになった。

「あー……やってしまった」

広々としたベッドに四肢を投げ出し、初輝は誰に聞かせるでもなくぼやいた。気にするなと和臣は言ってくれたけれど、誤解させてしまったことにはやはり悔いが残る。

初輝は天井に向かって左腕を突き上げると、手の甲をじっと見つめた。和臣と指を絡め、ベッドの上で抱き合う格好は、まるでセックスをしているようだった。

（和臣くん、俺で勃つんだな……）

プレイの内容によっては、誰を相手にしていても性欲を刺激されるものなのか。恋人とプレイパートナーを別にするのに抵抗があると言っていたが、今までのパートナーとは恋人も兼ねていたということだろうか。プレイ相手の検索対象に男性も含めていると打ち明けた際、「異性愛者じゃなかったんですか？」と尋ねられたが、和臣自身は同性も恋愛対象になるという意味だったのか。

今まではさして気にも留めていなかったポイントが、疑問となって初輝の中にいくつも湧き上がってくる。

Ｓｕｂに変異する前は、和臣のことを仕事ができる部下としか思っていなかった。仮パートナーとなった直後は、プレイについて手取り足取り教えてくれる世話焼きなＤｏｍとしか見ていなかった。

けれど今の初輝は、朝比奈和臣という一人の男について興味を持ち始めている。

「あーもう、全然収まる気配がないな……」

兆《きざ》してしまった中心を持て余し、初輝は弱り果てて眉を下げた。どんなに気を紛らわそうとしても、フェロモンの残り香が満ちた寝室では、自分を求める和臣の鋭い瞳しか頭に浮かばなかった。


思えば幼少の頃から、初輝は別段苦手なことがない代わりに、特技らしい特技も持ち合わせていなかった。勉強も、運動も、絵を描くことも歌うことも、人並み程度にはできるものの、逆に言えば人並み程度にしかできない。

小学校の卒業アルバムに掲載された学級内アンケートでは、「優しい人ランキング」というなんとも反応しがたい項目に三位として名前があがったくらい。

それでも無難なスペックは安心感があるのか、女性から交際を申し込まれることは何度かあったものの、先に愛想を尽かせるのもまた相手のほうだった。

『あなたの優しいところを好きになったけど、誰にでも優しすぎて、いつまで経ってもあなたの特別になれた気がしない』

元恋人たちが口を揃えたその台詞が、毎度突きつけられる別れの言葉だった。ランキング三位が良いほうにばかり作用するかといえばそんなこともないぞ、と小学六年生の自分に教えてやりたかった。けれど……、と初輝はEC事業部のフロアをぼんやりと眺めながら思う。けれど当時の恋人たちが放った『特別になれた気がしない』という台詞は、あながち間違いでもなかったのかもしれない。

「朝比奈さーん、ヘルプヘルプ。ぜんっぜん操作分かんないすわ」

パソコンのモニターにかじりついていた沢田が、疲弊しきった顔で和臣を呼んだ。その名に反応し、初輝は手を止めて沢田の二つ隣のデスクに目をやる。

和臣は席を立って沢田の隣に移動すると、沢田の手元に広げられていた技術書を持ち上げた。内容に目を通した和臣は片眉を上げ、沢田の前に本を開いたまま差し出す。

「ちゃんと書いてんじゃないですか。作業用パスを保存して、それからクリッピングパスを選択するんですよ。沢田さん、パスの保存を選択しないままクリッピングパスを適用しようとしたんじゃないですか？」

「あ、それだ……」

「沢田さん日本語読めます？　写真加工のテキストを渡す前に国語のドリルを渡したほうが良かったかもしれないですね？」

「うーわ～！　次期社長はおっしゃることが過激ですね！」

「俺が社長になる頃まで沢田さんは会社に在籍できてますかね」

「え、嘘でしょ？」

　和臣の痛烈なツッコミに対し、沢田はキーキー悔しそうな声をあげたり、かと思えば突如真顔になったりと忙《せわ》しない。二人のやりとりに周囲の社員がどっと笑った。

「朝比奈くん、見た目に迫力ありすぎて近寄りがたかったけど、話してみると案外ノリが良いよね」

「そうそう。毒舌だけど、なんだかんだ面倒見良いし」

「うちでの研修が始まってからどことなく雰囲気がやわらかくなったって、他部署からも評判らしいよ。あなたどこの誰ですかって部署の女子からちょくちょく声をかけられてるって聞いた」

「うわ、ガツガツ来る～！」

　楽しげに語る女性社員たちの声を聞きながら和臣をじっと見つめていると、前触れなく和臣がこちらに顔を向けた。初輝は慌ててモニターの陰に身を潜める。

　和臣の自宅でプレイを行ったあと、セーフワードを発したことで、これから和臣とぎくしゃくしてしまうのでは……と初輝は少なからず危惧していた。

　しかしリビングに戻った初輝を和臣はあっけらかんとした様子で出迎えた。二人で夕飯を食べて車で自宅まで送ってもらう間も和臣はいつもどおり話しかけてきて、初輝は密かに安堵の息を吐いた。

普段どおりに振る舞うことが和臣なりの気遣いだったのかもしれないし、プレイ経験が豊富な和臣にとってセーフワードを告げられることはごく些細な出来事でしかなかったのかもしれない。

そんなわけで和臣との関係が一変することはなかったのに、あの夜から初輝のほうが妙に和臣を意識してしまっていた。気づけば和臣の一挙一動を目で追っていて、和臣についての話題には意識が過敏になる。

今だって仕事に集中する振りを装ってはいるが、耳はずっと和臣の声や、彼について語る社員たちの声を拾い続けていた。沢田の隣に立って画像編集ソフトの指導をする和臣は、言い方は多少荒いながらも、疑問の一つ一つに丁寧に向き合っている。

部下に仕事を任せるようにという和臣の提案はバックエンド業務チームに広く行き渡り、「倉成主任のなんでも屋状態を解消しよう計画」なるものが動き始めていた。

「そうよね。なにかあったら倉成主任がフォローしてくれると思ってつい甘えてたけど、現状だと主任の逃げ場が全然ないんだものね」

和臣の意見を受けた新野は神妙な面持ちで頷き、チーム内の社員全員が、複数の業務を広く浅く掛け持ちするような仕組みにしたらどうかと提案してきた。

特定の社員が一つの業務に専念するより時間はかかるが、その社員が急に会社を休むことになったとしても、すぐに穴埋めができる状態にしておく。

そうすれば欠勤するほうも気が楽だし、チーム内の進捗管理もしつつ助《すけ》っ人《と》要員まで兼ねていた初輝の負担も軽減されるというわけだ。

そういった流れに移行したことで、社員同士がコミュニケーションを取る必要性がより高まった。初輝以外の社員が和臣と会話をする機会も増え、和臣がただつんけんしているだけの男ではないということが知れ渡ったらしい。

チーム内の社員たちが和臣の魅力を理解してくれたことは初輝にとっても喜ばしかった。和臣の言動でぎこちない空気が生まれることもなくなり、他部門での研修を経てきた和臣に誰もが気軽に意見を求められるようになった分、ＥＣ事業部以外の視点から見たらどうかということを柔軟に考えられる社員が増えた。

その変化を嬉しく思う反面、和臣とまるで接点のない人間が彼にアプローチを始めたと聞くと、腹の底にもやもやした思いが湧いてしまう。

（和臣くんの魅力はどんな仕事をやらせても優秀なところじゃなくて、優秀であろうと努力してるところだろ。顔の良さとか家柄に惹かれて声をかけるって、なんか違うと思うんだけど）

面白くない気分で眉間に皺を寄せた初輝は、はっとしてマウスを持つ手を止めた。誰かに心の淵《ふち》を覗かれたわけでもないのに、おたおたと視線を泳がせる。

（いや、いいだろ別に。和臣くんが誰とどんな恋愛しようと。仮パートナー期間は恋人を作らないって言ったけど、あと二ヵ月でそれも終わるわけだし）

そう自分に言い聞かせて初輝は無理やり納得しようとした。けれど頭に浮かんだ考えのせいで、今度は別の悩みが芽を出してしまう。

和臣とのプレイで、初輝はＤｏｍに支配される喜びを少しずつ理解し始めていた。

Ｓｕｂにとって支配とは不自由さを指すのではなく、信頼する相手に管理されることを意味する。絶対に自分を危険に晒さないと分かっている人に、心と体を預けて「好きにしていい」と手綱《たづな》を渡す倒錯的な快楽。

それはまるで、騎士が王にこうべを垂れるかのようだった。プレイにおいて、ＤｏｍはＳｕｂにとっての王なのだ。

（俺、和臣くん以外を王様にできるのかな）

和臣が相手であれば安心して身を任せられるが、他のＤｏｍに対して同じように振る舞えるかと問われたら自信がなかった。

初輝の反応をつぶさに観察して、初輝がどうされたいか、どうされたくないかを、和臣は本人以上に細かく見抜く。そんな至れり尽くせりのプレイをＳｕｂに変異した直後に知ってしまったら、とてもじゃないが和臣以外のＤｏｍに身を任せる気になれないのではないだろうか。

（前に付き合っていた子たちは、こういうことを「特別」って考えてたのかな）

他人では替えが効かない存在になるということ。

そう考えれば確かに和臣は特別だけど……と考え、初輝はいやいやと首を横に振った。ただの「特別」じゃなくて、「特別なＤｏｍ」と言うべきだろう。

（そう、だよな？　だって俺、恋愛対象は女性なわけだし。プレイパートナーはあくまで体調管理のために探すつもりだったわけで）

　自分にとっての和臣のポジションについて、初輝は考えれば考えるほど混乱した。食欲・性欲・睡眠欲は人間の三大欲求と呼ばれているが、Ｓｕｂにはさらに「服従の欲求」が備わっている。

　自分の感情がどの生理的欲求から来るものかを正確に理解するには、初輝はまだＳｕｂになってから日が浅すぎた。

　ぐるぐる考え込む初輝のそばで、備えつけの電話機が着信を知らせた。ナンバーディスプレイに表示された番号は社用スマートフォンで、ＥＣ事業部ではスタジオ撮影や店舗撮影のため外に出る社員が持ち歩く。

　今携帯しているのは、社外にあるフォトスタジオでモデルの着用写真撮影を行う予定の新野だ。

「はい、ＥＣ事業部倉成です」

『もしもし、新野です』

　受話器を耳に当てると、案の定新野の声が聞こえた。しかしそのトーンはどこか焦りを孕んでいる。

『ちょっとまずいことになったの。朝比奈くんと一緒にスタジオまで来てもらうことってできる？』

潜めた声で早口に告げる新野に、初輝もまた固い表情で「分かった」と答えた。

　商品写真の撮影に使用するフォトスタジオへは、本社から十分ほど歩くと到着する。白い天井と壁、そこにバック紙が設置された小さなスタジオで、南側が河川《かせん》に面しているため自然光を取り入れた撮影ができる。

　新野は日が当たらない場所に配置されたハンガーラックの前に立ち、そこにかけられたカットソーやパンツを確認していた。

「新野さん、お待たせ。一体なにがあったの？」

　和臣を連れた初輝が小走りに近づくと、新野は片手で額を押さえつつ口を開く。

「いや、実はね……今日来るはずだったメンズモデルが、スタジオに向かう途中で自転車の接触事故を起こしたんだって」

「えっ、それ大丈夫？」

「お互い自転車で、モデルは無事だけど相手が転倒したらしくて。擦り傷程度みたいなんだけど、警察を呼んで一応病院にも行くことになったから、今日は撮影に参加できないって連絡が来たのよ」

　それなら仕方ない、と納得しかけた初輝だが、サイトの商品アップ日を思い返し真顔になった。

「……あれ？　でも今日撮影を済ませておかないと、かなりスケジュールがギリギリなのでは……？」

「そう！　そこなのよ！　でも通常のモデル撮影のように代替の人を出してもらうことができないの！　なぜなら彼はどこの事務所にも所属していないただの素人だからです!!」

　新野は両手で拳を握り力いっぱい訴えた。今日撮影するはずだったモデルの名と、背景に隠れた事情を瞬時に察し、初輝は両手で頭を抱えた。すぐそばで絶望する上司と先輩に、和臣が「どういうことですか？」と困惑した様子で尋ねてくる。

シミ一つない真っ白な天井を仰ぎ、初輝はぽつぽつと説明を始めた。

「有名な俳優やモデルなんかを起用したプロモーション写真じゃない限り、うちの商品の着用写真はネットショップモデル事務所からモデルを派遣してもらって撮影してるんだけどさ。……一人だけ、モデル経験のない社員の身内を採用してるんだ」

「主任、ああいうのは強引に押しつけられたって言うのよ……」

辟易《へきえき》した様子の新野がすかさずツッコミを入れてくるので、初輝は思わず苦笑を漏らした。

人事部長が、自分の息子である大学生の亮《りょう》を連れてＥＣ事業部を訪れたのは、半年ほど前のことだった。

『うちの息子がモデルに興味があるみたいなんだ。親馬鹿《ばか》な発言だと思うんだが、スタイルはなかなか悪くないだろう？　パーツモデルでもなんでも良いので、撮影の練習がてらこいつの写真も使ってもらえないだろうか』

照れくさそうに頭を掻く人事部長の前で、新野が笑顔の下から邪悪なオーラを放っていたことを初輝は鮮明に覚えている。

人事部長が立ち去ったあと、新野は「自社サイトでモデルの練習ってなによ、なめてんのか！」「ＥＣサイトの着用画像なら素人でも問題ないって思ってんの!?」「そもそもパーツモデルならいいってなんだ、パーツモデルはその部位を磨き上げたプロフェッショナルよ!?」と荒れに荒れていた。

それでも一回だけ、自分がモデルとして写る着用画像が数点掲載されれば満足するだろうと思っていた。しかしその後も亮は嬉々として次回の撮影スケジュールを確認してくるようになり、今に至る。

「熱心に取り組んでくれてるし、悪い子じゃないんだけどさ。ただ毎度撮影に参加できるわけじゃないから、本人の都合と新野さんの都合がちょうど嚙み合うときだけ、他のモデルとは別にわざわざ数点分の着用画像を撮影しにスタジオ行くっていう……」

「それはなんというか、恐ろしく面倒くさい案件ですね」

「でしょ!? 事故でスタジオに来れなくなったって連絡来たときも、『後日改めて撮影をお願いします!』って言われちゃってさあ。事故は気の毒だけど、モデル個人の都合に合わせて商品掲載日を変えられるほどゆるゆるしたサイト運営をしてるわけじゃないわけよ!」

神妙な面持ちで相槌を打つ和臣に、新野が悲鳴じみた叫び声をあげた。

この件に関して、初輝は全面的に自分が悪いと思っている。最初からはっきり断るべきだったのに、息子のために頭を下げる人事部長と、「よろしくお願いします!」とキラキラした顔で挨拶した亮を前にしたら、一回くらいいいかとつい受け入れてしまったのだ。

初輝と新野の間に立ち、経緯を聞いていた和臣が、顎に手を添えて口を閉ざした。やがてなにか思い立った様子で新野に顔を向ける。

「もしかして俺を呼んだのって、その人事部長の息子の代わりにモデルをさせるためですか?」

「お、さすが話が早い」

　和臣の推測に「えっ」と声をあげた初輝は、新野の返答でさらに目を丸くした。

「年齢は二十歳から二十代半ば、身長一八〇から一八五、細身だけどきっちり締まってる体型のメンズモデルを今すぐに、ってモデル事務所に派遣要請するにもなかなか条件厳しいしね。でも朝比奈くんなら奇跡的にすべての条件を満たしているうえ、顔の良さは一二〇点、おまけに他部署とはいえ部長の息子の撮影予定を潰したことでちくちく言われる可能性も回避できる」

「代替モデルを務めたのが社長の息子なら、さすがに嫌な顔はできないっていう？」

「そう！　目には目を、コネにはコネをってやつね！」

　新野は人差し指を立てて得意顔で告げるが、彼女のあけすけな物言いに初輝は内心ヒヤヒヤした。こんなに露骨に和臣の家柄を利用する真似をして、彼の矜持《きょうじ》を傷つけはしないだろうか。

　しかし初輝の心配を他所に、和臣はハンガーラックにかけられた秋もののジャケットを手に取ると、躊躇なく袖を通した。

「サイズ感もちょうど良さそうですね。撮影前に身だしなみチェックだけさせてください」

　まるで書類のコピーを頼まれたかのような気軽さで承諾した和臣に、初輝は面食らった。正直に言えば少し意外だった。彼がコツコツ努力していることを知っているだけに、虎の威を借りて黙らせるような真似は嫌がるかと思っていたのだが。

「いいの？　和臣くん。モデル事務所に問い合わせて、その返事を聞いてから考えてもいいんだよ」

早速カメラのセッティングを始めた新野の後ろで、初輝はこっそりと和臣に確認した。ジャケットをハンガーにかけ直していた和臣は、初輝を見つめて不思議そうに瞬いたのち、発言の意図を察したらしく一人頷く。

「別に構いませんよ。あとで初輝さんが人事部長に呼ばれでもしたら、やっぱり俺がモデルを引き受けてりゃ良かったって後悔しそうだし」

「でも……」

「親の仕事を継ぐことにした時点で、変なプライドやこだわりで『俺は親父《おやじ》とは違うし……』なんてぐだぐだ言うのはやめようって決めたんです。俺のために時間を割いて研修をしてくれている人たちの役に立ちたいし、そのためなら自分のポジションも持って生まれた顔の造りも、利用できるものはきっちり利用してやりますよ」

和臣はあっけらかんとそう言い、ふっと目許を和らげた。

プレイのときに見せる温かな微笑みが、彼の仮パートナーであるＳｕｂではなく、初輝個人へと向けられている。そう思うと、照れくささと戸惑いと、水をたっぷり含んだスポンジを指で押したような、じわっとした喜びが染み出すのを感じた。

「初輝さん、ちょっとだけ時間ありますか？」

正面を向いた和臣が、半袖カットソーから伸びた初輝の腕に触れた。手のひら全体で握り込むわけではなく、指先を素肌の上にそっとのせるだけの、ごく些細な接触。

「撮影、初輝さんも見ていってくださいよ。初輝さんがいたら、俺、きっと緊張せずに頑張れるから」

わずかに身を屈め、初輝の顔を覗き込むようにして和臣は囁いた。視線だけで蕩けてしまいそうな甘い笑顔に、初輝はぎゅっと胸をつかまれたような心地になる。

頬が火照るのを感じながら、初輝は唇をへにゃへにゃにした困り顔で視線を泳がせた。

「み……見てる。商品が欲しくなるような魅力的な着用写真を撮ってもらわないと、お、俺も困るし」

口にした台詞に嘘はないはずなのに、どもってしまったせいで言い訳みたいな調子になった。ますます恥ずかしくなって赤面する初輝に、和臣が堪らずといった様子で噴き出す。

「人事部長につつく隙を与えない完璧な着用写真にしてやります」

楽しげにそう言うと、和臣は颯爽《さっそう》とメイクルームに向かった。離れていく広い背中を、初輝は呆《ほう》けたまま見つめる。

（顔あっつ……）

思わず頬に触れた初輝は、熱を持った肌に居たたまれなくなった。自分は一体和臣の前でどんな表情をしていたのか。

「え、二人って付き合ってんの？」

と、それまで黙々と撮影環境を整えていた新野が声をかけてきたので、初輝は勢い良く振り返り「違うよ!?」と全力で否定した。けれど初輝の左腕は、和臣の指の形が残ったかのように、触れられた箇所だけチリチリと熱を持っていた。

　今日撮影するのは若年層向けに価格を抑えたレーベル「Licht《リヒト》 - (L/R) ight -」の新作で、すっきりしたシルエットのカーキのMA-1《エムエーワン》、コーデュロイ素材のベージュのチェスターコート、クリーム色をベースにしたストライプシャツに、ケーブル編みの白のニット、黒のワイドスラックス。それに付随した全身コーディネート画像を数点ずつ。

　亮は今年で二十歳だ。体型が近いとはいえ、二十六歳の和臣が代わりを務めることに、初輝としても不安がないわけではなかった。

　和臣は落ち着いた印象の分、実年齢より上に見られることも多いし、普段はシンプルで大人っぽい服装を好む。亮をモデルにすることを前提に準備していた商品は、どれもラフな印象のものだった。

　しかし商品を身に着けてメイクルームから戻ってきた和臣を一目見たときに、初輝の心配は杞憂《きゆう》であったとすぐに分かった。

　ロング丈のTシャツにネイビーのスウェットを重ねてMA-1を羽織り、裾を切りっぱなしにしたブラックジーンズと合わせた和臣は、プロのモデルと遜色《そんしょく》ないほど衣装を完璧に着こなしていた。

　年齢に対してちぐはぐな印象もなければ、普段とのギャップが激しすぎるとも感じない。まるで和臣のために選んだかのように、用意された商品は彼によく似合っていた。

　真っ白なバック紙の前に立つ和臣に、新野が指示を与え撮影していく。

「もうちょい左足を後ろに引ける？　気持ち程度。あ、うん。いい感じ」

空調の効いたスタジオ内に、新野の声とシャッター音だけが響いた。初輝は離れたところで置物のように動かず、撮影を見守る。

（メイクルームで髪をセットし直したんだ。いつもより動きを出してるし、少し額が見えるように前髪をセットしたからか、カジュアルな服装とよく馴染んでる）

ただ漠然と日々の研修をこなしているだけでは、自分が商品を魅せる一部になった際にどう動けばいいのかなんて思いつかないだろう。

今までの初輝であれば、きっと「天賦の才を持った人は違う」としか考えなかった。だけど和臣の自宅にあった数え切れないほどの雑誌が、それにびっしりと貼られた付箋が、写真一つ取っても和臣がどれほど熱心に業務の研究をしているかを教えてくれた。

「うーん、なんかちょっとアウターにマット感出るね」

カメラのファインダーを覗き込んだ新野が、どうしたものかと唸《うな》り声をあげた。

「バストアップの画像だけでも窓辺で撮れませんか？　光沢のある素材だって分からないと、色味を勘違いして購入する人が現れそうです」

「そうね。やってみようか」

普段はプロのモデルを相手に撮影する新野にも臆せず提案しながら、和臣はピンチヒッターとしての役割を淡々とこなした。衣装を変更してさらに撮影を続け、予定していた時刻よりも随分早くすべてのショットを撮り終えることができた。

「いやー、良かったよ朝比奈くん！　亮くんも経験がないとはいえ、朝比奈くん並みに積極的に動いてくれたらいいんだけど」

　無線接続したノートパソコンを三人で覗き込み、撮影した画像を確認する中、新野が腕組みしながら苦笑をこぼした。隣に立つ初輝は決意を胸に新野に顔を向ける。

「俺、亮くんの件はやっぱり断るよ。周りに気を遣われて全部準備してもらって……っていう環境で撮影しても、他の現場で通用しないでしょ。本当にモデルを目指す気があるなら、自分で事務所に応募してオーディションを受けて、いろんな現場で経験を重ねたほうが彼のためになると思う」

　きっかけは身内の紹介でもなんでもいいが、いざ挑戦する機会を手に入れたのなら、コネという前評判を吹き飛ばす勢いでがむしゃらに挑むべきだ。それができないのならやはり最初から整った環境を選ぶのではなく、なんの後ろ盾もない場所で他者から指摘を受けつつ成長していくほうがいい。

　悔しい思いをしてでも続けたければ頑張るだろうし、自分にはもっと違う道があると気づくきっかけになるかもしれない。

「いいの？　倉成主任、人事部長に嫌な顔されない？」

　心配そうに眉を下げる新野に、初輝は笑顔で首を横に振った。

「そこは一応うちのチームの主任だから、矢面に立つよ。まあでもあまり言ってこないとは思うよ？　ほら、なんせ亮くん、社長の息子に迷惑をかけた……って事例ができちゃったわけだからさ」

冗談めかした調子で言ってちらりと反対隣に目をやれば、新野が言うところの「コネにはコネを」作戦に加担した和臣もどこか楽しげに口許をゆるめた。視線をかわす初輝と和臣を、新野は上機嫌に眺める。

「わたしは後片付けしてから行くから、二人で先に帰っててよ」

「え？　俺たちもなにか手伝うよ」

「だーいじょうぶ！　もう十分助けてもらったから。ほらほら、二人とも本社に戻って」

ひらひらと手を振る新野に見送られて、初輝と和臣は半ば強制的にフォトスタジオをあとにした。

夏の日差しが注ぐ街を和臣と並んで歩く。日が長いため時刻の変化を感じにくいが、スマートフォンに表示された数字はすでに十六時を過ぎていることを知らせた。

「なんかバタバタした日だったね。新野さんに深刻な声で呼ばれたと思ったら、和臣くんをモデルにしたいって言うから驚いたよ」

「どうでした？　突然指名された素人のわりには、悪くない働きができてました？」

「悪くないどころじゃないよ！　すごく似合ってたし、良い商品写真になってた」

不思議な充足感に満たされ、初輝は興奮気味に言った。けれどすぐに自分はなにもできていないことに気づき苦笑を漏らす。

「もう本当、和臣くんってすごいよ。……亮くんみたいにさ、父親のコネだなんだって意見が多少なりと耳に入ってくることもあるでしょ」

「まあ」

「でもそういう周囲の声なんか気にも留めずに突き進むから、嵐みたいな勢いにみんな巻き込まれて、自分も頑張らなきゃって思えてくる。二十代後半になって持ち回りみたいに俺も役付にはなったけどさ、和臣くんを見てると、自分の凡庸さを痛感するっていうか……人の上に立つべき人間って本当はこういう人なんだよなって実感させられるよ」

持って生まれた容姿と家柄に加え、和臣は決して努力を怠らない勤勉さがある。脇目も振らずどんどん前へ進んでいく和臣を見ていると、時折ふっと寂しさというか、悲しさに似た諦念が込み上げた。自分ではどんなに努力を重ねたところで、彼の背中に触れることすら叶《かな》わないのではないか。

数分前まで和やかなやりとりをしていた和臣が、ふと口を閉ざした。数秒の沈黙に初輝は己の失態を悟る。しまった、いくらなんでも部下相手に卑屈な本音を語りすぎた。

「あっ、いや、俺が言いたいのはつまり……」

「俺は、」

明るく笑って誤魔化そうとした初輝に、和臣が声を被《かぶ》せてきた。有無を言わさぬ強さのある口調に、初輝は慌てて口を閉ざす。和臣が足を止めたので、初輝もそれに合わせ立ち止まった。

黒真珠のような瞳に初輝だけを映し、和臣は淀《よど》みない口調で告げる。

「俺は初輝さんに会えていなかったら、ろくに努力もしないくせにぐだぐだ不平不満ばかり言うような、どうしようもない奴になってたと思います」

思いがけない発言に、咄嗟に言葉が出てこない。和臣はゆったりとした歩調で再び足を前に進めながら、隣に並んだ初輝に向かって静かに語り始める。

和臣が物流倉庫で行われる三ヵ月間の短期アルバイトに申し込んだのは、大学四年生の六月だった。しかしながらもちろん金に困ってのことではなく、ましてやいずれ自分が継ぐ会社について学ぶためでもない。実は社長である父親からの指示に嫌々従っただけに過ぎなかった。

「周りはみんな就職活動中で、何十社受けてようやく内定が出ただの、またお祈りメールが届いただのでずっとピリピリしてました。俺は別にやりたいこともなかったから、父親に言われるがまま会社を継ぐことにしたんですけど、そういう舐めた態度って無意識に表に出るもんなんでしょうね。仲良くしてた友人たちとの間に軋轢《あつれき》が生まれたのもこの時期で」

お前はいいよな、なんの努力もしなくたって最初から人生勝ち組コースじゃん。

以前はいかにもふざけた調子でかけられていたその台詞に、いつしか露骨な棘が混じるようになった。就職活動がうまくいかず苛立っているのだとは分かっていたが、喧嘩を売られれば普通に腹が立つ。

別に俺だって好きで継ぐわけじゃない、と子供じみた台詞を吐き捨てるうちに、反発心は父親の会社にまで向けられた。短期アルバイトの人員にねじ込まれても、やる気など微塵《みじん》も湧いてこなかった。

「けど、アルバイトとして会社に入ったら入ったで、今度は事情を知る経営層があからさまなご機嫌取りをしてくるんです。それはそれでカチンときたんですよね。みんな俺を社長の息子としか見てなくて、苛立ちの矛先を向けられるだけか、媚《こ》びを売られるかのどっちかしかないのかって」

そうやってふて腐れる中で出会ったのが、当時物流倉庫でアルバイトたちをまとめていた、二十五歳の初輝だった。

六月から始まったプレセールは、七月に入ってから本格的なサマーセールへ移行し、八月のファイナルセールで締めくくられる。初輝の指示のもと、和臣を含む短期アルバイトのスタッフは注文を受けた商品のパッキングを担当した。

「俺、めちゃくちゃ態度が悪かったじゃないですか。いかにもつまらなそうな顔で作業して、指示を受けてもまともに返事もしなくて」

「う、うん……まあ」

当時のことを思い返し、初輝はぎこちなく答えた。お世辞にも「そんなことないよ」とは言えないくらい、アルバイト中の和臣の態度は尖《とが》りに尖っていたのだ。

「そんなんだから、俺が社長の息子だって知らない人には当然叱《しか》られるし嫌われるしで、仕事中はもちろん休憩中も誰も話しかけてこなかったんです。だけど初輝さんだけは、俺に声をかけてきた。しっかり者のバイトメンバーに対する態度と、少しも変わらない態度で」

——えっ、朝比奈くん、東京《とうきょう》住みなの？　わざわざこのバイトのために親戚の家に居候してる？　ええっ、やるね！

——大学の単位は？　あ、もう週に一コマだけなんだ。なんだよ、優秀じゃーん。

――朝比奈くんの梱包は丁寧だよね。卒業後もうちの倉庫で働いてくれたらいいのに。……あっ、今分かりやすく嫌な顔したでしょ!?

初輝は明るくて気さくで、和臣がどんなに棘のある応対をしてもまるで気にせず話しかけてきた。かといって他のアルバイトたちの輪に強引に引っ張り込むようなお節介はしない。一人ぽつんと作業する和臣のもとへ時折やってきて、ごく自然な会話をして去っていく。毎日その繰り返しだ。

最初は鬱陶《うっとう》しく感じていた和臣も、いつしか初輝との些細な会話を日々の楽しみにするようになっていた。自分がミスをすれば注意を受けるのはこの人だ。そう思ったら、商品の確認作業や箱づめをより慎重に行うようになった。

真剣に仕事に向き合い始めると、今度は業務の粗《あら》が目につくようになる。この工程はもっとこうしたほうが流れがスムーズなのではないか、ＥＣサイトの仕様の改善点、無駄な作業を省く方法。

しかしそれを社員に伝えたところで、まともに取り合ってくれる人などいなかった。態度の悪い短期アルバイトの言うことなんて、内容がどうであれ最初から相手にされない。

結局自分は「社長の息子」か「短期アルバイト」のどちらかでしかなく、態度を改め真面目に仕事に取り組んでも、朝比奈和臣という個人に目を向けてくれる人などいないのだ。

胸の奥に新たな澱《おり》が溜まるのを感じながら、和臣は最後に、駄目元で初輝にも業務改善についての提案をしてみた。

一等先に初輝に声をかけなかったのは、自分の中の初輝に対するイメージが壊れるのが怖かったか

らだ。「うーん、まあそういう考えもあるかもね」と苦笑とともに適当にあしらわれたら、明るく話しかけてくれる初輝に対する好感も、すべて崩れ去ってしまう気がした。

しかし和臣が緊張した面持ちで意見をまとめたレポートを見せると、初輝は真剣な表情でそれを熟読したのち、キラキラと目を輝かせた。

『すごいね！　これ全部朝比奈くんが考えたの⁉　一人で⁉』

初輝は興奮した様子で他の社員たちを呼び、和臣の案が採用されればいかに効率的に作業できるか熱弁した。本人に自覚はないようだが、誰にでも分け隔てなく接する初輝はいつも人に囲まれていて、同じ案でも初輝が声をかければたくさんの人が耳を傾けてくれた。

結局、和臣の意見は初輝を通して本社のＥＣ事業部へ提案されることになったのだ。

『朝比奈くんの、誰も疑問を持たずに続けていた業務にも改善点を見つけ出して、それを分かりやすく他人に伝えるスキルってすごいよな。誰にでもできることじゃないから、もっと胸を張っていいと思う』

アルバイト最終日、和臣の隣に立って注文書を確認しながら、初輝は満足げにそう言った。いつもどおり淡々とパッキングをしながら、和臣は内心そわそわしていた。褒められたことが嬉しくも照れくさかったのだ。

『そのとげとげしたオーラさえ和らげられれば、朝比奈くんは良い経営者になりそうだよなあ』

けれど次いだ台詞の中に紛れ込んだ「経営者」という単語に、一気に冷や水を浴びせられたような心地になった。唐突な不安が膨れ上がり、和臣は段ボール箱を抱えたまま固い表情で尋ねる。

『もしかして俺のこと、なにか上から知らされてますか……？』

不満を抱えてふて腐れるばかりの自分に、呆れもせず毎日声をかけてくれたこと。誰にも相手にされなかった自分の意見をきちんと受け止めてくれたこと。それらがすべて、「社長の息子」というフィルターをかけられたうえで行われていたのだとしたら。

ふいに心に陰りができ、和臣は唇を引き結ぶ。そんな和臣を不思議そうに見上げ、初輝は唐突ににやりと口角を上げる。

『まあ、ちょっとはね』

想像したくなかった返事に和臣が青ざめる中、初輝は周囲に目を配ってから口許に手を添えこっそりと言った。

『見るからにやる気がなさそうな学生がどうしてか採用された、手間をかけるだろうけどうまくやってくれって上司から聞かされてたんだよ。朝比奈くん、春から就職するんでしょ？　第一印象って大事だから、就職先ではせめてもうちょいやる気ある振りしたほうがいいぞー』

悪戯めいた調子で告げ、初輝は和臣の脇腹を小突いてきた。真顔で口を半開きにした和臣は、直後に全身から力が抜けるのを感じた。

なんだ。この人、本当に一切の損得勘定なく、ただの親切心だけで俺に話しかけてたんだ。俺個人をまっすぐ見てくれていたんだ。

「それで急に恥ずかしくなったんですよね。なにも考えないで親に敷かれたレールに自分からのったくせに、『社長の息子だから良いとか悪いとか言う奴らばかりだ』なんて拗ねてた自分が。俺自身を見てくれる人だってちゃんといるのに」

珍しく眉を下げ、照れた様子ではにかむ和臣は、普段の印象よりもどこか幼げに見えた。撮影のために額を出した髪型にしているせいかもしれないし、学生時代の思い出を語ったせいかもしれない。

短期アルバイト終了後、自分の幼稚な考えを反省した和臣は、いずれ自分が継ぐことになる会社について勉強するようになった。

初輝のような純粋な人は確かに存在するが、それがごく少数であることは肌で感じた。正式に入社すれば社内での「社長の息子」というレッテルはますます目立つようになる。

前評判を大きく塗り替える勢いで実績を出し、誰もが和臣自身に目を向けざるを得ないような状況を、自分の力で作り出してやろうと思った。

就職活動をきっかけに距離ができていた友人たちにも、和臣の熱意はきちんと伝わったらしい。卒業が近づく頃には自然と和解し、今でも定期的に集まって酒を飲みながら互いに近況報告をしているという。

ちなみにＥＣ事業部での研修が始まった際、初輝のことを忘れている振りをしたのは、ただの照れ隠しだったそうだ。

「今のチームだって、初輝さんがリーダーを張っているからみんな文句もなくついてくるんです。初輝さんが誰よりもみんなに気を回して、さりげなくフォローしてくれるのを分かっているから、初輝さんのために頑張ろうって思える。今取り組んでいる業務の分担だって、初輝さんを助けるっていう目的があるから、仕事が増えた煩わしさがあっても誰も嫌な顔をしないんですよ」

往来の中で、和臣の静かな声は不思議とよく通った。夏の空はまだ明るいながらも、日は確実に西へと向かっていて、和臣のすっきりした顔のラインにかかる陽光は昼間よりも和らいだものになっていた。

たどり着いた本社の前で足を止めた和臣は、改めて初輝のほうへ向き直った。近くにあるカフェか、小さな雑貨屋か、どこからともなく聞こえてきた風鈴の音が、リン、と涼やかに街の喧騒を裂く。

「初輝さんは自分のこと、凡庸だって思ってるところがあるみたいですけど、俺にとっては全然凡庸じゃないです。誠実で、まっすぐで、自分のことより他人を優先してしまうようなお人好しで……だからみんなに好かれてる。こんな奇特な人、俺はとてもじゃないけど凡庸なんて言えませんよ」

そう言って、和臣は白い歯を覗かせ屈託なく笑った。青空に映える無邪気な笑みから、初輝は目が離せなくなる。

（俺自身をちゃんと見てくれるなんて、そんなの、俺が言うべき台詞じゃないか）

自分には大した特技もないからと、ひっそりと落ち込んでいた初輝を、和臣は丁寧に掬い取って「特別な存在」にしてくれた。そんな人をどうやったら、自分の中の特別枠に置かずにいられるのか。

無愛想だけど実は面倒見が良くて、隠れた努力家でありながら、初輝の前では時折空回って落ち込む。けれどその根底にあるのは、レッテル以上の働きで周囲を見返してやろうとする強さだ。

ただの上司と部下だったときには知り得なかった和臣の一面を、かっこいいな、と思う。それから可愛いなとも。

（もっと知りたい。俺の知らない和臣くんのこと）

ビルの間から流れてきた風が、西日に照らされて熱を持った頬を、からかうようにくすぐっていった。


連日三十度超えの真夏日は、八月が終わりに差しかかっても続いていた。活気に満ちた居酒屋を一歩出るとじっとりとした暑さが肌にまとわりつき、初輝は思わずＴシャツの胸元をつまんでパタパタと動かし、体に風を送り込む。

店から少し離れたところでは、フロント業務チームも含めたＥＣ事業部のメンバーが賑《にぎ》やかな声をあげていた。

「次どこ行く？　当然二次会参加するでしょ？」

「わたし良い店知ってるよー。あ、でも人数多いならカラオケで飲み放題つけるほうがいいかも」

「参加者何人になるかな。はーい、二次会行く人！　手あげてください！」

女性社員の一人が声をかければ、五・六名の社員がぱっと挙手した。そのうちの一人である沢田が、店のすぐそば――初輝が会計を済ませるのを待っていたらしい和臣に近寄ってくる。

「朝比奈さんも行きましょうよ～、二次会。飲み会はここからがスタートですよ？」

酒が顔に出やすい沢田はすでに真っ赤で、頬どころか額まで染まっていた。ＥＣ事業部の飲み会ではよく見る光景なのだが、初参加の和臣は若干《じゃっかん》引き気味に沢田から身を離す。

「沢田さんこそ二次会に参加しないで帰ったほうがいいんじゃないですか？　トイレに行ったと思ったら一時間近く戻ってこない奴の典型みたいな顔してますけど」

「えっ、ひっどくないですかぁ？　朝比奈さん、本当俺に辛辣《しんらつ》！　倉成主任のことはすーっっっごく可愛がってるくせに」

そんなに溜めるか、というくらい「すーっ」に力を込め、沢田は初輝の胸に人差し指を突き立てた。思いがけず自分の名があがり、初輝は動揺が表に出そうになるのを必死で抑える。

「そうかな？　別に俺にも普通だと思うけど」

「なーに言ってんですか！　朝比奈さん、倉成主任と一緒にいるときはめちゃくちゃ雰囲気が優しーい感じになってんですよ！　あの朝比奈さんがＥＣ事業部で研修してから丸くなったって言われ始めたの、倉成主任と一緒にいるようになってからですからね」

沢田の暴露に、あ、そうだったんだ、と初輝は内心で安堵した。和臣が他部署の社員からアプローチされていると知ったときには複雑な心境になったものだが、その要因に自分が関わっていると思うと、溜飲《りゅういん》が下がるというか、ちょっと浮かれてしまうというか。

（いや、どういう立場から見た浮かれ方だよ。か……）

彼氏気取りか、と自分にツッコミを入れようとして初輝はますます恥ずかしくなった。完全に自爆だ。

頭から湯気が出そうだと思ったが、初輝もアルコールで赤ら顔になりやすい体質なので、沢田には悟られていないようだった。沢田は「おもちゃ買って！」と駄々をこねる子供のように、初輝たちの前で手足をバタバタさせる。

「とーにーかーく！　たまには倉成主任にだけじゃなくて俺たちにも付き合えよ〜！　って言ってんですよ！　朝比奈さんが飲み会に来ること自体相当レアじゃん、まだ帰っちゃいやっ」

最後はなぜだかぶりっ子口調になって沢田はせがんだ。どうやってもこのまま解放してもらうのは難しいらしい。

同じことを和臣も思ったようで、浅く息を吐いて後頭部を掻いたのち口を開く。

「しょうがねえな……。初輝さん」

と、和臣がこちらに顔を向け、初輝の名を呼んだ瞬間だった。

考えるより先に体が反応して、隣に立つ和臣の手を初輝はぎゅっと握っていた。

「えっ」

すぐさまあがった驚きの声は沢田のものだ。それで初輝ははっとして、己の失態を悟り硬直する。

——手を繋いで歩くのだって、相手に身をゆだねる行為の一つでしょう。

初めてプレイを行った日に和臣に言われた言葉はすっかり初輝の中に定着していて、二人でいるときの癖がうっかり出た。アルコールで思考が鈍って……けれどそれだけではなくて、多分、和臣に付き従う精神が心の奥底にまで深く根づいていたのだ。

「え、二人ってそういう」

「そうそう、初輝さんって酔うとこういうとこあったりするんですよ。危ないですよね。放っておくと変なのにさらわれそうなので自宅まで送っていきます」

恐らくは別の意味で言われた「そういう」を、初輝は酔うと無意識に甘えることがある、という意味に強引にすり替えて、和臣は平然と初輝の背中に腕を回した。酔っ払いを支える図を作ると、二次会メンバーとは逆の方向へ歩き出す。

「ってことで俺たちは不参加で。お疲れさまでしたー」

初輝を連れ、片手を振って立ち去る和臣に、ワンテンポ遅れて背後から「月曜に詳しく説明してくださいよ！」という沢田の声が聞こえた。

タクシーにのって移動し、アパートの一階にある自室の鍵を開けると、廊下に立った初輝は三和土《たたき》にいる和臣を振り返った。

「ごめん、思いっきりやらかしちゃって」

初輝はしょんぼりと肩を落とすが、和臣はすぐに「いいえ」と返す。

「気にするようなことじゃないですよ。沢田さんが騒がしいのは今に始まったことじゃないですし、俺たちがいなくなったところでなにか言われてたとしても、みんな話半分にしか聞かないでしょ」

「二次会にも行けなくなっちゃったし……」

「元々不参加の予定だったのを、強引に連れていかれそうになってただけですから。むしろ帰る口実ができて良かったです」

どんな謝罪もすぐに和臣が消し去ってしまうので、初輝は早々に話題を失ってしまった。扉の外で虫が涼しげに鳴くのを聞きながら、初輝と和臣は向き合ったまま口を閉ざす。

「……狭いけど、上がっていく？」

気恥ずかしさに視線を落としながら、初輝はおずおずと尋ねた。和臣は少し黙ってから初輝の頭にぽんと手を置いた。

「この状況でそんなこと言ったら、俺、また調子にのりますよ」

困ったような笑い声を吐息に含ませ、和臣の手は繊細なものにでも触れるかのように、初輝の頭を優しく撫でた。嬉しくてほっとする。でも緊張してドキドキする。相反する気持ちを抱きながら、初輝はされるがまま身を任せた。

腕を引っ込めた和臣は、ボトムのポケットからスマートフォンを取り出し時刻を確認した。「終電間に合いそうだな」とこぼし、再びスマートフォンをしまう。

「じゃあおやすみなさい。ちゃんと鍵閉めてくださいね」

聞かされた側が居たたまれなくなるようなやわらかい声音で言って、和臣は玄関扉を開け初輝の部屋から立ち去った。

いまだトクトクと音を立てる胸に手を当て、初輝は体から芯を抜かれたかのようにその場にしゃがみ込む。

「のってないだろ、調子になんて。あの日から全然……」

顔を覆った両手をそのまま前髪に滑らせ、くしゃくしゃと掻き回した。思わず漏れた独白はいかにも欲求不満が表れていて、初輝は頬が火照るのを感じながら膝の上に頭をのせた。

和臣の部屋で彼に触れられ、うっかり勃起してしまったのが三週間前。その後二度プレイする機会があったが、和臣は初回と同じように簡単なコマンドを使うだけで、性的な触れ方は一切しなかった。

初輝を膝にのせて、抱きしめて頭を撫で、親が子を可愛がるように慈しむ。経験の浅い初輝の体はそれだけで満足しているらしく、自律神経の乱れによる諸症状は表れていない。

けれど初輝の中に残る記憶が、熱を帯びた眼差しを向ける和臣をもう一度見たいと求めていた。

子供のように抱きしめられるだけでは足りないほどの快感を、この体に教えてやりたい。和臣に教えてほしい。和臣ともっと先に進みたい。他でもない、彼と。

（こういう気持ち、なんて呼べばいいんだろ。Ｓｕｂとしての本能的な欲求なのか、……それとも）

自分の中に生まれ始めた感情に、第二の性による欲とは別のものが含まれていることを、初輝はもう理解している。けれど自信がなかった。

同性に恋愛感情を抱いた経験もなければ、Ｓｕｂとしてプレイしたのも和臣が初めてだ。Ｄｏｍに支配されたい欲望を恋心と勘違いしているだけかもしれない。

　和臣以外の相手とプレイをしてみたら、案外あっさりと心変わりしてしまうんじゃないかとも思う。和臣以外とプレイする気になればの話だが。

（いや、ならなくてどうするんだよ。あと一ヵ月で俺たちの仮パートナー期間は終了するのに）

　ぐるぐると渦を巻く思いに絡め取られ、初輝はまぶたを伏せた。途端に眠気が襲ってきて、慌てて顔を上げる。

「まずいまずい、鍵を閉めなきゃ……っと、……あれ？」

　腰を上げ、サンダルに足を引っかけて玄関扉に向かった初輝は、足元になにかが落ちているのに気づき動きを止めた。包装シートをミシン目に添って切り取った、赤と白のカプセルが二錠、三和土の上に転がっている。初輝はそれを拾い上げまじまじと見た。

　ダイナミクス外来で処方された抑制剤を落としたのだろうか、と思ったが、初輝に渡されたのは水色と白のカプセルだった。

　だったら誰の、と考え、真っ先に頭に浮かんだのは今し方までここにいた和臣だ。スマートフォンを取り出した際、ポケットに入れていた薬が飛び出したのかもしれない。

（薬を持ち歩いてるなんて、体調でも良くないのかな。それとも……、……Ｄｏｍ用の抑制剤、とか？）

　ざわっとした不安が背筋を駆け、初輝は手の中の錠剤を見つめた。シートの後ろには薬剤の名前が記載されていた。

「ま、待って待って、衝撃展開すぎてついていけないんですけど！　つまり倉成主任は二ヵ月くらい前からＳｕｂに変異してて、そのパートナーが朝比奈さんってことですか⁉」

　会社の近くにあるカフェで同じテーブルに着いた平塚が、前のめりになって聞き返してきた。和臣が経営推進部に呼ばれて離席した隙に、平塚を誘って二人でランチをしにきたのだ。シフォン素材のワンピースに身を包んだ彼女の首には、今日も夫から贈られたキャメル色のカラーが巻かれている。

「正確には仮パートナーなんだけどね……」

「へえー！　朝比奈さんがＤｏｍなのはフェロモンで分かってましたけど……へええー！　倉成主任と！　ほほーっ！」

　興奮を抑えきれない様子の平塚がフォークを何度も皿に突き立てるので、彼女の手元では和風パスタが細切れになってしまっている。

　案の定な反応と、特に口止めされてないけど言って大丈夫だったかな……という若干の罪悪感で、初輝は表情を曇らせつつベリーソースのかかったパンケーキを一口分に切り分けた。

　和臣の落とし物を手にした初輝は、丸一日悩んだ末に薬剤の名前をネットで検索した。初輝の予想どおり、カプセルの正体はＤｏｍに処方される抑制剤で、その事実に初輝は少なからずショックを受けた。

　初輝の心身を気遣ってごく軽いプレイしかしてこなかった和臣は、Ｄｏｍとしての欲求を満たしきれず、この二ヵ月間抑制剤を服用していた可能性が高かった。初輝の他にもプレイする相手がいるなら話は別だが、仮パートナー期間は恋人も作らないでほしいと言った和臣のこと、それは考えにくい。

　自分ばかりが一方的に満足している関係だったと知り、一体どうすればいいのかと思い悩んだ初輝は、同じＳｕｂでありパートナー持ちの平塚に意を決して相談することにしたのだ。

「で、この先自分はどうすればいいか、って話でしたよね。えー、最後までしちゃえばいいんじゃないですか？」

「最後まで……って、そういうことだよね……？」

「もちろん朝比奈さんが本当はどういうプレイをしたいと思ってるのか、事前に確認する必要はありますけど。でもＤｏｍとＳｕｂのプレイの行き着く先が肉体関係、ってのはわりとスタンダードな展開だと思いますよ。だからこそプレイパートナーがそのまま恋人とか配偶者に直結する場合が多いわけで」

　言いながら平塚は左手をひらりと振って見せた。薬指に光る結婚指輪もまた、カラー同様彼女の夫であるプレイパートナーから贈られたものだ。

　短くなってしまったパスタを苦労してフォークにのせる平塚を前に、初輝もたっぷり生クリームがのったパンケーキを口に運ぶ。この店を訪れた際は必ず頼むメニューなのに、今日はいまいち味を感じなかった。

「怖いんだよね。和臣くんとそういうプレイをするの」

沈んだ声を漏らす初輝に、平塚が手を止めた。

「ううん。むしろ和臣くん以上に信頼できるＤｏｍを見つけられる気がしない。……だから和臣くんとそういうプレイをしたら、ますます和臣くんに依存してしまいそうな自分が怖い」

和臣じゃないとこんなことできない。そんな事実に気づいたうえで、彼との仮パートナー期間を終えたら自分はどうなってしまうのだろう。

「じゃあ、あとは自分で頑張って」と放り出され、心を和臣に預けたまま、Ｓｕｂとしての欲求を満たすために体だけ別のＤｏｍに明け渡すのだろうか。――和臣が他のＳｕｂを従える様を、遠くから見ていることしかできないのだろうか。

フォークを持ったまま手を下ろす初輝を、平塚が頬杖《ほおづえ》をついて見つめた。至極真面目な話をしているはずなのに、平塚はなぜかニヤニヤと頬をゆるめる。

「主任のそれ、わたしには『恋を自覚するのが怖い』って聞こえますけど」

「えっ」

「かーわいい～。そりゃあのツンデレ次期社長も放っておかないし、そばに置いて可愛がるうちに思わず丸くなっちゃうってもんですよ」

先日沢田も口にした「可愛がっている」の言葉に、初輝はあたふたと視線を泳がせた。確かに二人きりのときの和臣はとびきり優しくしてくれるが、会社にいるときも周囲からそういう風に見られているのだろうか。

「可愛がられてるって思う？　俺としてはなんていうか、初心者Ｓｕｂが怯えないようにレベルを合わせてくれてるんだろうな、って思ってたんだけど」

和臣が自分に優しくするのは、Ｓｕｂとしての生き方を指南するため。そう考えていたのだけど、初輝の返答に平塚は腕組みして背もたれに体を預け、呆れた様子で苦笑した。

「さすがにその鈍さは朝比奈さんが可哀相《かわいそう》ですよ……。倉成主任になんの情も湧いていないなら、抑制剤を飲んでまで初心者用プレイに付き合い続けます？　次期社長とはいえ今はただの研修生ですよ？　聖人君子か！　いや彼はそういうキャラではない！」

最初は力なく吐かれていた台詞が、最後には熱弁に変わっていた。たじろぐ初輝に対し、平塚はグラスを手に取ってアイスティーをすすり、にこりと愛らしい笑みを見せる。

「とにかく朝比奈さんを信頼してるなら、一度朝比奈さんの要望に合わせたプレイをしてみたらいいと思いますよ。それで朝比奈さんが好きだな、この先も一緒にいたいなって思ったら、正式なパートナーになってほしいって申し込めばいいんです。朝比奈さんがパートナーと恋人を同一に考えてるなら、自然とパートナー兼恋人に昇格ですよ」

淀みなく語る平塚に、初輝は目から鱗《うろこ》が落ちる思いで頷いた。言葉にすればごくシンプルな流れなのに、男同士だからどうだの、ＤｏｍとＳｕｂだからどうだのとぐちゃぐちゃ考えすぎていた。

「ありがとう、平塚さん。俺、頑張ってみる」

晴れやかな思いで告げる初輝に、平塚はピースサインを作り「進展があったら報告してくださいね」と楽しげに言った。


その週の土曜日は初輝のアパートに和臣を招き、夕食を振る舞うことにした。

ここ何度かは和臣が愛車のＳＵＶで初輝を迎えにきて、二人で買い物や外食をしたのちに和臣の家でプレイを行い、アパートに送り届けてもらう流れが続いていた。さすがに至れり尽くせりが過ぎるな、と思い、なにかお礼ができないかと考えたのだ。

「お土産です。口に合えばいいんですけど」

やってきた和臣が手に提げてきたのは老舗焼き菓子店のマドレーヌで、紙箱を開けずともただようバターの香りに、初輝は幸せな気持ちになった。三和土に立つ和臣と向かい合い、初輝は箱を抱えたまま頬をゆるめる。

「気を遣ってくれなくても良かったのに」

「とか言いながら、初輝さん、めちゃくちゃ嬉しそうな顔してますよ」

「それは……だって、仕方ないだろ」

「甘いもの好きですもんね。喜んでもらえたなら良かったです」

ふっと目許を和らげる和臣に思わず見惚れてしまい、初輝は密かに焦った。手土産以上に、自分の部屋に和臣がいるというシチュエーションに浮かれてしまっているだなんて絶対に言えない。

和臣を連れて短い廊下を進み、ダイニングキッチンを抜けてリビング兼寝室に移動する。

整理整頓はしているものの、余計なものがない和臣のマンションに比べれば、細々した雑貨だったり小さな観葉植物だったりが並ぶ生活感溢れる部屋だ。今さらながらに招待しても大丈夫だっただろうかと不安になる。

ラグとローテーブルが設置された部屋の中央で、腰を下ろした和臣にクッションを渡しながら初輝は眉を下げた。

「晩ご飯、もうちょっと時間かかりそうなんだけど平気？　考えてみたら俺の部屋、時間が潰せそうなものそんなになくて」

その言葉に和臣は不思議そうに瞬きし、周囲にちらりと目をやって表情をゆるめた。

「こうやって部屋の中を見てるだけで面白いですよ？　初輝さんっぽいなって感じがします。北海道のお土産と沖縄のお土産が一緒に飾ってあるところとか」

そう言いながら和臣は、テレビ台にちょこんとのった手のりサイズの木彫りの熊と、同じくらいの大きさのシーサーの置物を指差した。我ながらまとまりがないなと思っていたインテリアなので、初輝は恥ずかしくなって肩を竦める。

「せ、センスないとことか？」

「みんなに好かれてるからいろんなお土産をもらうんだろうなとか、それをちゃんと飾ってるあたり律儀だなとか、そういうとこです」

会話の中でさらっと褒めてくるので、初輝はどんな顔をして和臣を見ればいいのかちっとも分からなかった。目尻を赤らめ、初輝は「料理の続きをしてくるね」とだけ言ってダイニングキッチンへ退散する。

冷蔵庫に両腕をついた初輝は、床と水平になるほど深く顔をうつむけて叫び出したい衝動を堪えた。

（だあああもうっ、初めて家に好きな子を呼んだ男子高校生か俺は！）

和臣の些細な言動を意識し、逐一ときめいてしまっている。来年には三十路の男の反応とはとても思えない。今まで交際したどんな子に対しても、こんな風に心を乱されてあたふたすることなどなかったのに。

初輝は情けない困り顔をそっと上げると、肩越しに隣室を見た。リビングでは和臣がこちらに背中を向ける形で、カラーボックスに並ぶ漫画本を眺めている。

（ベッドの下までは見ない、よな？　見られても別に困りはしないけど……）

日中、スーパーで買い出しを済ませた初輝は、その足でドラッグストアに立ち寄った。久しく恋人がいなかったために切らしていたコンドームと、男性同士のセックスに必須だというローションを購入するためだ。

初輝は今夜、和臣が望むプレイは極力受け入れようと決めていた。もしも和臣が自分と性的な行為も込みのプレイをしたいと考えてくれているなら、喜んで応えようと思っている。

夕飯はサーモンとアボカドをのせたちらし寿司をメインに、お吸い物、揚げ茄子《なす》とみょうがの和《あ》え物、アスパラガスのごま和え等、いくつかの副菜をダイニングテーブルに並べた。

「ご飯食べにおいでよって言ったわりに、いつもの夕飯メニューになっちゃったなあ」

メインはともかく副菜の色合いが地味だ。もう少しおもてなし料理を意識するべきだった……と初輝は反省するが、和臣は驚いた様子で目を瞠《みは》る。

「いつもこんなにちゃんと作ってるんですか？　仕事終わりでも？」

「え？　まあ休みの日に副菜を作り置きしてるのもあるし、あとは前日に仕込んでおいたメインと、それにご飯と味噌《みそ》汁があればいいかなーって感じだよ」

「十分すごいですよ。俺なんかほぼほぼ外食ですし」

「こういうので良ければいつでも……」

食べにおいでよ。そう続けようとして初輝は言葉を飲み込んだ。あと一ヵ月で仮パートナー期間がきっちり終われば、わざわざ会う理由もなくなる。プレイという目的がなくても会いたい旨を匂わせて、下手に警戒されるのは嫌だった。

「初輝さん？」

不自然に途切れた会話に、和臣が戸惑った様子で声をかけてきた。

「なんでもない。食べよっか」

それを笑顔で流し、初輝はダイニングチェアを引いて着席を促した。和臣は口を閉ざしてしばらく初輝を見つめていたが、やがておとなしく椅子《いす》に着く。

初輝も正面に座り、それぞれ手を合わせ食事を始めた。

初輝の手料理はどれも好評で、「ちらし寿司、無限におかわりしそうです」「揚げ茄子、みょうがと合わせると爽やかですね」と褒めながら和臣はすべての皿を綺麗に空にした。そんな風に喜んでもらえると作った甲斐《かい》がある。

初輝が上機嫌で使用済みの皿をシンクに運ぶと、すぐ隣に和臣が立った。

「皿洗い、俺に手伝わせてください。夕飯のお礼です」

生真面目な調子で和臣が申し出るので、初輝はつい笑ってしまう。自分だってお礼のつもりで夕飯を作ったのに、お礼を返し合ってばかりではいつまで経ってもイーブンにならない。

「じゃあ一緒にやろうか。和臣くんが洗った皿を俺が水ですすぐよ」

初輝の提案で一人暮らし用の小さなキッチンに二人で並ぶことになり、他愛ない会話をしながらどんどん皿を洗っていった。

しかし頭の片隅にはベッド下に隠したコンドームとローションのことが常にあり、どんな風に切り出そうと気を取られ、つい会話が疎《おろそ》かになる。距離が近いために香ってくる和臣のフェロモンも、初輝の心を乱す要因となった。

いつになく上の空の初輝に、和臣も次第に口数が減ってくる。すべての皿を水切りラックに並べ終える頃には、二人の間にはぎこちない空気がただよっていた。

「初輝さん……もしかして今日はプレイする気分じゃなかったですか？」

タオルで手を拭きながら和臣は控えめに尋ねてきた。

想定外の方向へ転がった話に、初輝は焦った。食事が終わったことを皮切りに露骨に会話が減ったのでは、勘違いされるのも無理はない。

「違う！　そんなことない。ただ……その、今日はいつもどおりって感じではなくて、えっと……」

心の準備ができないままプレイの話題を振られ、初輝は返事にまごついてしまう。そのことも不信感を煽《あお》ったようで、和臣は唇を引き結ぶと先にキッチンを離れた。

リビングへ移動するのかと思いきや、その足は廊下へ繋がる引き戸に向かう。

「乗り気じゃないのに我慢してプレイする必要なんてないですよ」

「和臣くん……」

「今日はもう帰ります。一緒にいたら初輝さん、気を遣って『プレイをしよう』って譲らないだろうし」

ごちそうさまでした、と言って和臣は引き戸に手をかけた。慌ててその背中に駆け寄った初輝は、勢いのまま和臣の腰に腕を回し後ろから抱きつく。

「我慢してプレイしてたのは和臣くんのほうだろ……！」

和臣の背中に胸をぴたりとくっつけ、初輝は思わず声を荒げた。腕の中で和臣が硬直する。プレイ中でもないのに初輝に抱きつかれたことや、初輝が苛立ちを露わにしたことに驚いたようだった。

　もうなるようになれだと、初輝は半ば自棄《やけ》になって思いの丈をぶつける。

「和臣くん、俺と仮パートナーになってからも抑制剤を飲んでるでしょ。この間うちに落としていったのを見つけたんだ。……薬の名前を調べて、Ｄｏｍ用の抑制剤だって知った。勝手にごめん」

「いえ……、……初輝さんが謝ることでは」

　和臣は声に困惑をにじませるが、抑制剤を服用していることは否定しなかった。

「ショックだったんだ。俺ばかり満たされて、和臣くんの欲求が全然解消できていないことにちっとも気づかなかったことが。少なくとも今は俺が和臣くんのパートナーなのに」

　自分はあまり気持ちが大きく波打つほうではないと思っていた。こんな風に感情的に気持ちを伝えるのはいつ以来だろう。

　和臣を抱きしめる腕に力を込め、初輝は深く息を吸い込んだ。

「和臣くんが普段どんなプレイをしてるのか教えてよ。それでもし嫌じゃなかったら、俺にも同じようにしてほしい」

　はっきりとした口調で宣言すると、初輝は一度身を離し、和臣の手を取って隣室へ向かった。

　和臣をベッドのそばに立たせると、カラーボックスの脇に置いたトートバッグから財布を取り出し、中から一枚の紙を抜いた。カラーボックス内のペンケースから赤いマーカーを取ると、折りたたんであった紙を広げ書き込みをしていく。

混乱を露わにする和臣の前に立つと、初輝はその紙を突き出した。

「俺、和臣くんにならなにされてもいい」

白いコピー用紙に視線を落とした和臣は、驚愕《きょうがく》に目を見開いた。感情に任せて動いていた初輝も、さすがに緊張と羞恥が込み上げて耳まで赤く染める。

仮パートナーの提案をしてきた際に、和臣が持ってきたコマンドリスト。

その中で「できそうにない」という理由でバツ印をつけた「Ｋｉｓｓ〈キスして〉」、「Ｃｒａｗｌ〈四つん這いになれ〉」、「Ｓｔｒｉｐ〈服を脱げ〉」、「Ｐｒｅｓｅｎｔ〈恥ずかしいところを晒せ〉」、「Ｌｉｃｋ〈舐めろ〉」の五つを、初輝は丸で囲み直していた。

「自分がどんなプレイを好むかより、俺は、和臣くんの望むプレイが知りたい……っ」

渾身《こんしん》の願いは語尾が掠れた。バクバクと騒ぐ胸がうるさい。みっともなく脚が震えてしまい、初輝は堪らず視線を落とした。

腕をつかまれ、正面から抱き竦められたのはその直後だった。

「あっ」

戸惑いの声が唇からこぼれ、コマンドリストがはらりと足元に落ちる。深く体が密着し、和臣の長い腕が背中に食い込んだ。

「Ｄｏｍ相手にそんな殺し文句を言って、とんでもない要求をされたらどうするんですか……！」

体の奥底から吐き出すように和臣は言った。君にしか言わないよ、と伝えたら和臣はどんな反応をするだろう。湧き上がった欲望に蓋をして、代わりに初輝は別の言葉を口にする。

「和臣くんは、とんでもないプレイをしたいの？　その……殴る蹴る、とか」

「まさか。パートナーに暴力を振るうなんて求められてもできませんよ」

明確に否定されて初輝は内心ほっとした。和臣にそういう嗜好はないだろうと思っていたが、望まれれば自分はある程度受け入れていたに違いない。

この気持ちはSubとしての献身だろうか。

（………いや、）

違う。もう分かっている。

「初輝さん……、セーフワードは言えますか？」

和臣が腕の力をゆるめ、わずかに身を離した。左腕を初輝の腰に下ろし、右手を頬に滑らせる。鼻先が触れそうなほどの距離では、鋭い双眸に映っているのは自分だけだ。そう思うと興奮でひどく喉が渇いた。

「Ｒｅｄ、でしょ」

体の火照りを感じながら囁けば、和臣が「そう」と頷いた。

「嫌だったらちゃんと言ってください。絶対に遠慮なんてしないでほしい」

「分かってるよ。分かってるから……和臣くん」

和臣の胸元に縋り、初輝はねだった。吐息はすでに濡《ぬ》れている。早く彼のコマンドが欲しくて、彼の欲望のまま支配されたくて体が疼《うず》く。

「初輝さん」

腰に巻きついた腕に力が込められた。下肢が密着して、初輝は切なく睫毛《まつげ》を震わせる。これではまたすぐに変化を悟られてしまう。しかし今日はそれすら悦《よろこ》びの種となるのだ。

全部全部、和臣に暴かれたい。

「Ｋｉｓｓ《キスして》」

初めて耳にするコマンドが、初輝の本能を刺激した。和臣の頬を両手で包むと、初輝はわずかに踵を浮かせ、目の前にある唇に自分の唇を重ねた。

表面を触れ合わせ、軽く食《は》んで唇の感触を味わう。目許も、顔の輪郭も、細身ながらも締まった体も、手の形も、和臣はすべてがシャープな印象だ。けれど唇だけはやわらかい。そんな当たり前の事実にすら胸が震えた。

ずっとこうしたかったのだと、触れてみて初めて己の中に芽生えていた欲望に気づく。

まぶたを伏せ幼げなバードキスを繰り返す初輝に、和臣が微かに笑った。唇にかかった吐息に肌が熱くなる。唇を合わせたまま初輝がわずかに口を開けば、その隙間を舌先でなぞられた。

コマンドなんてなくても分かる。体の中に俺を入れろと、初輝のＤｏｍが命令している。

「はっ……」

初輝は和臣の首に腕を回し、肉厚な舌を迎え入れた。入り込んできた和臣の一部は、初輝の舌を絡め取りねっとりと舐め上げる。頬の内側の粘膜をくすぐられ、ゆったりとした動きで歯列をたどっていく。

繋がった場所から唾液が溢れ、顎を伝ってこぼれ落ちた。幼い頃、縁日で買ってもらったリンゴ飴《あめ》が頭に浮かぶ。大きくて甘い、艶やかな飴は、小さな口ではうまく頬張れず唾液が滴《したた》った。

あのときと同じように、初輝は口腔に与えられた甘美な欲を夢中で味わっている。

「んっ、ふ……っ、ぁ……」

犯されるようなキスは長く続き、初輝は息も絶え絶えになって和臣に縋った。名残惜しげに和臣が唇を解放すれば、互いの間に細い糸が弧を描く。それは空中でぷつりと切れて、初輝の顎に垂れた。

唾液で汚れた初輝の唇を、顎を、和臣が舌全体で拭うように舐める。ただそれだけで体の芯が痺《しび》れて、ボトムの前が痛みを放った。布越しに触れ合う互いの雄《おす》は、誤魔化しようがないほど固く勃起している。

「脚震えてますね。座りましょうか。Ｋｎｅｅｌ《おすわり》」

もう随分と聞き慣れたコマンドに安堵して、初輝はその場にぺたりと座り込んだ。同じく正面に腰を落とした和臣が、初輝の頭を優しく撫でる。嬉しくて気持ち良くて、初輝は和臣の手首をつかむと顔の横に持ってきた手のひらに頬ずりした。

「初輝さん可愛い。俺の手、気持ちいい？」

「んっ……」

「勃っちゃったのは、キスが気持ち良かったから？　それとも、コマンドに従って自分からキスしたことに興奮した？」

　痴態を言葉で指摘されれば、バレていると分かっていたのに恥ずかしくなる。もじもじと膝を合わせる初輝に、和臣は「駄目だよ」と穏やかに言った。

「Ｐｒｅｓｅｎｔ《恥ずかしいところを見せて》」

　甘く響くコマンドに思考が蕩け、初輝は言われるがまま太股を割り開いた。ベージュのコットンパンツは、しっかりと勃ち上がった性器が布を押し上げ、布地の一部の色を変えている。

「苦しそうですね。早く楽にしてあげたいな。初輝さんの裸、見てもいいですか？」

　好きに命令していいと言ったのに、和臣はなおも慎重に初輝の意思を確認した。一方で、二の腕にのせられた右手がゆっくりと肌をたどりながら袖口に入り込むので、もどかしい刺激に初輝は顎を上げて天を仰いだ。

「ぁ……ッ、い、いいっ……見ていい……」

　頭がくらくらする。キスだけで勃起した浅ましい体を今から和臣に晒すのだと思うと、脳が沸騰してしまいそうだ。

　けれどそんな自分を想像してますます下腹部は力を増すのだから、本当にどうしようもない。

「ありがとうございます。じゃあ初輝さん、Ｓｔｒｉｐ《服を脱いで》」

　ゾクッとした感覚が背中を走ったと思ったら、初輝の手はすでにコットンパンツの前にかかっていた。ボタンを外してファスナーを下げ、腰を浮かせて下着ごと太股までずり下げる。濡れた音を響かせて顔を出した性器は、下着のゴムに引っかかったせいでぶるりと大きく揺れた。

脚からボトムを引き抜いて靴下と一緒に脱ぎ捨て、Tシャツを捲り上げて床に放り、初輝は一糸まとわぬ姿を和臣に晒した。

「ああ……もうここ、とろとろだ」

初輝の中央を見つめた和臣は、辱《はずかし》めるというより慈しむような声音で感想を述べ、そこに手を伸ばした。手のひらで包まれ、先端に浮いた雫《しずく》をしぼり出すように一撫でされれば、呆気《あっけ》なく果てそうになって初輝は眉をきつく寄せる。

「ッ、あ……っ」

「すぐ出ちゃいそうですか？　じゃあもう少し他の場所で遊んでからにしましょうか」

そう言うと気ままな指先は中心を離れ、胸の上で赤く色づく突起へ移動した。乳輪ごときゅっと摘《つま》まれ、尖った部分を爪で弾かれる。

「あ、ンッ」

思わず高い声をあげれば、和臣は形の良い唇を満足そうにゆるめ、床に手をついて身を乗り出してきた。

「ここで感じるんですか？　オナニーをするときも一緒に弄《いじ》ってる？」

耳のすぐそばでかけられた問いに、初輝は慌てて首を横に振った。自分で触ったことも、交際相手に触られたこともない。こんな風に反応してしまうなんて、和臣に刺激されるまで知らなかった。

「そう。じゃあ……」

耳の縁に唇を当て、和臣は内緒話をするかのように囁いた。

「俺のこと想像してオナニーしたことは？」

次《つ》いだ質問に、初輝は一拍ののち赤面し、そのまま動けなくなった。晒した裸が全体的にうっすら桃色に染まる。

答えない初輝に和臣は喉の奥で笑い、初輝の手を取って己の中央に導いた。手のひらに触れたそこは、衣服の上からでも分かるくらい熱く漲《みなぎ》っている。

「俺はありますよ。二度目のプレイをしてから、俺の下で勃起する初輝さんを思い出して何度か抜きました」

赤裸々な告白に初輝はますます羞恥を募らせた。こんな風に申告されては、初輝だって事実を伝えないわけにはいかなくなる。

案の定、和臣は初輝の顎に手を添えると、強引に自分のほうへ顔を向けさせた。薄く開いた唇から熱っぽい息を漏らす初輝を、目を細めてじっと見つめる。

「初輝さん、Ｓａｙ《教えて》」

優しい声音で与えられる、容赦のないコマンド。自分を映す瞳を見つめ返し、初輝は頬を燃やしながら震える声で告げた。

「お、れも……した。和臣くんが、全然なにもしてこないから……和臣くんとやらしいことするのを想像して、ぬ、抜いた……」

自分を抱きしめて雄を滾らせながら、その後は至極健全なプレイしかしてこない和臣に焦《じ》れ、悪いなと思いながら一度だけオカズにした。

次の日は和臣の顔をまともに見られず、自己嫌悪で鬱々《うつうつ》としたのに、今さらそれを当の本人に暴露させられることになるなんて思いもしなかった。

恥ずかしさのあまり視界を潤ませる初輝に、和臣はちゅっと音を立てて口付けてきた。角度を変えて唇に三回、それから頬、こめかみにも一回ずつ。

「ちゃんと言えて良い子ですね。ベッドに行きましょう。たくさんご褒美をあげます」

少しばかり斜めになっていた機嫌も、「ご褒美」の言葉に反応してあっという間に回復した。身を離した和臣は、カットソーを脱ぎ捨てると初輝とともにベッドに上がる。

初めて目にする和臣の裸は、細身でありながらしっかりと筋肉がのっていた。均整の取れた美しい体だ。

壁を背にして腰を下ろした和臣は、初輝を後ろから抱きしめる形で脚の間に座らせた。和臣の胸に背中を預けると、触れ合った素肌から彼の体温が流れ込み、初輝の気持ちを落ち着けてくれる。

初輝の痩身《そうしん》に腕を回した和臣は、裸の体をゆったりと抱いたまま顔を寄せてきた。初輝もそれに応え、まぶたを伏せて唇を受け止めた。

軽く啄《ついば》み、表面に吸いついて、形をなぞるように時折舌先で触れる。じゃれるようなキスを繰り返しながら、和臣は初輝の肌に手のひらを滑らせた。

しかしながら内股を行き来する手も、胸の上をたどる手も、一向に肝心な部位に触れてはくれない。

「ん、んんっ……和臣くん、これ、どうにかして……？」

初輝は堪らず腰を揺らし、固く上向いた中心を和臣の手に擦りつけようとした。耳の裏に唇を寄せた和臣は、舌先で耳朶を転がしながら初輝の手を初輝自身のものに導く。

「俺も初輝さんのを握るから一緒にしましょう。俺のことを考えながら抜いてくれたんでしょう？初輝さんのオナニー、俺に見せてよ」

冷静に考えれば、とてもじゃないが了承しがたい提案をされているはずだ。

けれど初輝のＳｕｂとしての本能は、和臣の命令を受け入れたがっていた。和臣に従えば深い充足感と快楽が得られるはずだと、彼を信頼しきった心と体が訴えている。

そろそろと根元に手を添えた初輝は、手のひら全体で幹を握り上下に動かし始めた。和臣は雁首《かりくび》の辺りから先端までを大きな手で包み、揉み込むように刺激してくる。

もう片方の手で初輝の乳首を捏《こ》ね、捩《ねじ》るようにして摘むので、胸と性器の両方に施される愛撫に初輝は背中をしならせた。

「あっ、ぁ、んっ……」

「乳首でも感じられるように俺が躾けるから。だからちゃんと、ここで気持ち良くなる感覚を覚えて」

　劣情のこもった声を耳に直接注がれると、淫靡《いんび》に尖った粒から本当に甘い疼きが広がり、初輝の下肢に流れ込むようになる。まるで洗脳だ。和臣の良いように体を作り変えられ、どこもかしこも性感帯へ変化させられてしまう。

　和臣の荒い息が首筋にかかるのを感じながら、いつしか初輝は夢中で己の性器を扱《しご》いていた。先端を包む大きな手の内側からは、にちゅにちゅと粘着質な音が漏れ聞こえる。

「はっ……あ、あぅ、も……だめ、イく、出ちゃう……ッ」

　しどけなく太股を開き、初輝は絶えず喘ぎながら手の動きを速めた。初輝の自慰を和臣が余さず観察しているのが分かる。

　だからこそ余計に昂《たかぶ》って、一人で体を慰めるときよりずっと早く射精感が込み上げた。

「いいですよ。俺の前でいっぱい出して……？」

　耳の裏に軽く歯を立てながら、和臣は興奮をにじませた低い声を漏らした。

　和臣も自分の痴態に煽られてくれている。そう思ったら、抑えようのない性感が初輝の中で膨らみ、一気に弾けた。

「……ッ、……あっ……！」

　性路を駆け上がった初輝の体液が、和臣の手の中で溢れた。

　プレイの中での射精は通常の自慰とは比べものにならない快感で、和臣の胸にぐったりと身を預けたまま初輝はしばらく動くことができなかった。

（これは確かに、プレイとセックスを一緒にするはずだ……）

熱が解放され、いくらか冷静さが戻ってきた頭で、初輝はぼんやりと考えた。そんな初輝を仰向けに寝かせると、和臣が体の横に膝をついてのしかかってくる。

濡れていないほうの手で器用にボトムの前をくつろげた和臣は、下着の中に手を差し込み、隆起した雄を取り出した。ドクドクと脈打つ肉杭《くい》は可哀相なほど反り返り、同じ男として恐れおののくほど太く勇ましい。

顔の横に左腕をついた和臣は、ベッドで弛緩《しかん》する初輝を見つめながら、初輝の白濁で濡れた手を使い自慰を始めた。

「は……ッ」

眉間に皺を寄せ、汗を滴らせて呻く和臣の色気はすさまじく、初輝は喉仏を上下させて唾液を飲み下した。室内に響く淫猥《いんわい》な水音は、初輝の吐いた精液と和臣の先走りが混ざり合って生まれたものだろうか。

（俺、今、和臣くんのオカズにされてるんだ）

汗ばんだ裸体に注がれる眼差しには露骨な情欲が含まれていて、他人の自慰を目の当《ま》たりにする背徳に初輝は目眩がした。堪らず和臣の頬に手を伸ばすと、頭を引き寄せて唇を重ねる。

互いに舌を絡め合いながら貪《むさぼ》るうちに、すぐそばにある体に力がこもった。腹の上に熱い体液がぽたぽたと降り注ぎ、和臣が射精したことを悟る。

虚脱しきった様子の和臣は、長いため息を吐いたのちに初輝の肩口に額をすり寄せてきた。甘えるような仕草に愛《いと》おしさが募り、初輝も首に腕を回して抱き寄せる。

「……挿《い》れるのかと思った」

ベッドに仰向けにさせられたときに予想したことを素直に口に出せば、顔の横で和臣が小さな笑い声をあげた。

「男同士はそう簡単には挿入できないんですよ」

そうだろうな、と初輝も思う。事前にネットで調べた際、時間をかけて丁寧に後ろを解さないと怪《け》我《が》をすると書いてあった。

ほっとするのと、密かに準備した道具を使わずに終わったことが居たたまれないのとで、なんとも言えない複雑な心境になる。

（いつかは最後までしてくれる、って思っていいのかな）

その「いつか」は、仮パートナーの期間中に訪れるのだろうか。……それとも。

「和臣くん」

ぼんやりと宙を眺めながら、初輝はおもむろに和臣の名を呼んだ。素肌を密着させたまま、和臣が「なんですか？」と尋ねてくる。

（どうしよう。……どう伝えよう）

改まって告白する空気を作ってしまうと、自分の経験値の少なさに初輝は狼狽《うろた》えた。考えてみれば相手からの申し出を受け入れて始まる恋人関係ばかりで、自分から告白をした記憶は一度もない。

そもそも今初輝が申し出るべきなのはなんなのだろう。恋人になってほしいと言えばいいのか、プレイパートナーになってほしいと言えばいいのか。

正式なパートナーになればそのまま恋人に昇格するだろうと平塚は言っていたが、果たしてそうすんなりいくものなのか。

（そもそも断られた場合はどうすればいいんだ？　明日からも同じ職場で一ヵ月顔を合わせるのに、もし駄目だったら気まずすぎないか？　部下から上司に告白するならまだしも、上司から部下への告白なんて、下手したらパワハラ案件だよな？）

今し方その部下の手で散々悦《よ》がらせられた事実も吹き飛び、初輝は無言でパニックに陥った。

「初輝さん？」

自分から声をかけたくせにいつまで経ってもなにも言わない初輝に、和臣がわずかに上体を起こし片眉を上げた。

まずい。一ヵ月後も和臣を自分のもとに引き留めておくための言葉が、万が一断られても仕事に支障が出ない台詞が分からない。

「あの、俺、その」

視線を泳がせる初輝は、しどろもどろになりつつ必死に正解を探した。

「かっ、仮パートナーの期間を延長してほしい、んだけど……！」

悩んだ末に口から飛び出したのは、愛の告白でもなければ正式なプレイパートナーの申し込みでもない、かなり中途半端なお願いだった。我ながら相当保険をかけた感がある。

だがすでに仮パートナーにはなっているだけに、断られる可能性は低いのではないか。

初輝の提案に和臣はぽかんとした。沈黙が生まれると焦ってしまい、初輝は慌てて言い訳を重ねる。

「や、えっと、正直に言うと俺、まだ和臣くん以外のＤｏｍとプレイをできる気がしなくて……せめてもう少しだけ、俺の練習に付き合ってほしいなって、そう思って……」

半分本音、半分方便といった理由だ。本当はもう、和臣以外とのプレイなんて考えられない。けれど少なくとも、和臣のＥＣ事業部での研修が続く間は本音を吐露することは憚《はばか》られた。社会人として正しい判断をするべきだと思った。

初輝の言葉に、和臣の顔から唐突に感情が抜け落ちた。なにかを言おうとして唇を開き、けれどまたすぐに結ぶ。戸惑った様子で視線を外した和臣は、ベッドに手をついて上体を起こした。

不穏な空気に初輝が表情を固める中、和臣は目を合わせないまま告げる。

「すみませんが、仮パートナーの期間を予定より延ばすつもりはありません」

どこか突き放すような、冷ややかな空気をまとった声が初輝の胸を刺した。

あまりの不意打ちに反応が遅れる。

「あ……そ、そっか……」

初輝は唇に薄い笑みを貼りつけ、無感情な相槌を打った。その傍らで、和臣はばつの悪さを誤魔化すように室内に目を向ける。

「はい。ええと、……ティッシュってありましたっけ？」

「ティッシュ……あ、ああ、ティッシュね。そういやダイニングテーブルに持っていってそのままだったかも」

「取ってきます」

そう言うと和臣は足早に隣室へ向かった。ベッドの上に一人残された初輝は、いまだ衝撃が抜けきらないまま呆然と天井を見る。

（俺、随分と思い上がってたみたいだ……）

結局、和臣が自分に優しくしてくれたのは、第二の性が突然変異してしまった哀れなＳｕｂに情けをかけただけだったのだろう。和臣が自分を特別に想っていたわけではなかったのだ。

だから、いつまでも自分に頼っていないで自立しろと、最後の最後に手を払われてしまった。

（……や、まあ……いいか。断られたときに気まずくならないように、って意味では正解だったよな）

恋心を打ち明けたわけじゃない。この先もずっと自分だけのＤｏｍでいてほしいと伝えたわけじゃない。ごく短い間の練習期間を延長したいと言って、断られた。ただそれだけの話だ。

けれどその、「ただそれだけの話」で、初輝は自分でも呆れるほどショックを受けていた。

なにが上司と部下だ。なにが社会人としてだ。和臣が部屋に来ただけで中学生のように舞い上がったくせに、土壇場であれこれ言い訳して、自分は尻尾を巻いて逃げ出した。

熱を失った体を、エアコンから放たれる風が冷やしていく。自分の情けなさに嫌気が差して、初輝は目の上に手の甲を置き視界を覆った。

（格好悪い。……和臣くんの心を動かしたときの俺は、もうとっくにどこかへ消えてしまってたんだろうな）

拒まれることでどっち道打ちのめされるなら、最初から正直な気持ちを伝えておくべきだった。振られてみっともない思いをしたとしても、言ってしまえば良かった。

和臣くんが、好きだって。

少し前まで赤文字のセール価格ばかりが並んでいたモール型サイトも、今やすっかり秋ものの新作がモニター一面に表示されるようになった。

ブランド一覧から「Licht -（L/R）ight -」の名をクリックした初輝は、一枚の商品写真を画面に拡大表示させる。カーキ色のMA - 1を羽織った長身のモデルは、猛禽類を思わせる鋭い目をわずかに細め、窓から注ぐ光の中に佇《たたず》んでいた。

自社ECサイトに掲載した途端、「このモデルの名を教えてほしい」という問い合わせが複数届くこととなったその男は、ＥＣ事業部のデスクを離れる時間が徐々に長くなっていった。経営推進部からの呼び出しで、一時間以上の離席となることが度々ある。

「聞いた？　朝比奈さんが丸武《まるたけ》デパートの社長令嬢に気に入られて、先方からの要望で打ち合わせに同席してるって話」

　隣の席の社員と仕事の話をしていた女性社員が、ふと思い出した様子で和臣の名を出した。話を振られた社員は「えっ、そうなの？」と目を丸くする。

「朝比奈さんがモデルをやった着用写真、ＳＮＳでちょっと話題になったじゃない？　そのモデルがうちの社長のご子息って聞いて、是非本人に会いたいって言い出したんだって」

「もしかしてそれってお見合いも兼ねてるのかな？」

「なきにしもあらずって感じかもね。丸武デパートの一部リニューアルで、うちのキッズ向けレーベルが新規オープンするじゃない？　仲良くしておきたいでしょ、どう考えても」

「政略結婚かあ。わたしたちみたいな平民には縁のない話だわあ」

　沢田に指示を出していた平塚が、しみじみと頷く彼女たちをちらりと見たのち、おずおずと初輝に目線を送った。それを悟りながらも、初輝はパソコンのモニターから目を離さず気づかない振りを決め込む。

（嫌な奴だな、俺……。平塚さんは心配してくれてるのに）

　自分に対する失望は膨らむばかりで、初輝は薄暗い感情を吐き出すように息を落とすと、コーヒーチェーン店の名が印刷された紙コップを手にした。同僚が外に出たついでに買ってきてくれたアイスカプチーノは、トッピングしたチョコレートソースとミルクがどろどろに溶け、すでに甘いだけの液体となってしまっている。

仮パートナー期間の延長を断られてから二週間。会社で気まずくなったらどうしよう……とまたしても不安に思っていた初輝だが、タイミング良くと言えばいいのか、和臣は元々の所属である経営推進部に呼ばれる機会が増えたため職場での接触は自然と減っていた。

しかし思いがけないことに、和臣からのプレイの誘いは以前よりも格段に増え、プライベートでは週に二・三回会うようになっていた。

彼のコマンドに従い、キスをして裸を見せ、挿入までには至らないものの後ろを指で刺激される。性行為を含むプレイは、わだかまる思いごとぐずぐずに溶かし、倒錯的な悦楽で初輝を溺れさせた。けれど和臣の胸に抱かれて目を覚ましたときに、言いようのない虚しさが心の隙間に入り込み、初輝の気持ちを冷たい沼の底へと引きずり込んでいく。

（……俺とのプレイが嫌なわけじゃないなら、今月末できっちり終わりにしないで、もう少し長く仮パートナーでいてくれてもいいだろ）

つい恨みがましい台詞が湧き上がるのは、和臣が相変わらず優しいからだ。抱きしめられ、繊細な手つきで頭を撫でられると、一度振られているくせに期待してしまう。

けれどきっとそれは自分にだけ与えられる優しさではなく、彼がそういったプレイを好むＤｏｍだということなのだろう。

（まあ……これまで抑制剤を飲んで我慢してくれてたんだから、コマンドの制限に縛られずにプレイできるようになったら、回数が増えるのは当然か。……別に、相手が俺じゃなくたって）

　考えれば考えるほど思考が沈み込んでいく。まずい、気持ちを切り替えようと、初輝が空になった紙コップを手に廊下へ出たときだった。

　スーツに身を包んだ五十代の男性——経営推進部の楠原部長が、ＥＣ事業部に向かってくるのが目に留まった。

「お疲れさまです」

「ああ、倉成主任。ちょうど良かった」

　深々と頭を下げて挨拶する初輝に、楠原は気さくに声をかけ軽く手を上げて見せた。「時間ある？」と尋ねられ、初輝は慌てて紙コップを処分し部長のあとを追う。

　楠原に連れられて移動した先は、一つ上の階にある小会議室だった。コの字型に長机が配置された室内に他の社員の姿はなく、初輝が後ろ手に扉を閉めると、先にワークチェアに腰を下ろした楠原は初輝にも着席を勧めた。おとなしく従い、楠原と向かい合う形になる。

「朝比奈くんの研修も今月末で終了だね。どうだい？　彼の働きぶりは」

「とても優秀で助かっています。仕事の覚えが早いだけでなく、他部署での研修を経てきたからこその意見ももらえるので、チーム全体の意識もより高くなってきたように感じます」

どうやら話の議題は和臣のようだ。穏やかな調子で問われ、初輝はどぎまぎしつつも素直な感想を述べた。

「そうかそうか。最初はEC事業部の部長に声をかけたんだけど、主に面倒を見ているのは倉成主任だから、そっちに聞いたほうが的確な返答がもらえると言われたんだ。うん、確かにそのとおりだったようだね」

初輝の返答に楠原は満足そうに微笑んだ。EC事業部での評価を聞くことが目的だったのだろうか、と思ったが、楠原は手を組んで長机に置き、少し話しづらそうに続ける。

「朝比奈くんがそちらできちんと成果を出せているなら、むしろ申し訳ないお願いなんだけど……彼を予定より早く経営推進部に戻すことはできないかな？　と考えていてね」

思いがけない打診だった。

たとえ同じフロアで和臣と顔を合わせる機会が減っても、少なくともあと二週間はEC事業部にいてくれる。そう思っていたから、和臣が九月末を待たずに異動してしまう可能性など少しも考えていなかった。

「もちろんこれは私の勝手な考えであって、研修を受け入れてくれた部署の判断が最優先だから。予定どおり九月末まではEC事業部に在籍させたい……というのであれば、倉成主任に従うよ」

初輝の動揺が伝わったのか、楠原はすぐに付け加えた。

唇を結んでしばし考えた初輝は、自分の意向を正直に伝えた。席を立って部長に頭を下げ、小会議室をあとにする。

廊下に出た初輝は、のろのろとした足取りで階段を下りながら、先ほど楠原に対して告げた白分の台詞を思い出しげんなりと肩を落とした。

『朝比奈さんが関わっている業務の引き継ぎもありますので、もし可能であれば、やはりあと二週間お時間をいただけましたら幸いです』

口にした内容に嘘はなかった。最近はＥＣ事業部外での業務が増えたとはいえ、なんの引き継ぎもなく経営推進部にいきなり連れていかれるのは困ってしまう。

けれど正直に言えば、多少無理をすることになっても、和臣が突如抜けた穴を初輝が埋めることは決して不可能ではなかった。

和臣に指摘されるまで、初輝はチーム内のフォローをすべて自分一人で請け負っていた。せっかく業務改善のために動いたのに、と和臣からはお叱りを受けるだろうが、やってできないことはない。

それをしなかったのは、ただ単純に、初輝が私情を挟んだからだ。せめて当初の研修期間が終わるまでは、同じチームの一員として和臣と過ごしたい。そんな思いもあって、経営推進部からの打診をつい断ってしまった。

一方的な提案だという自覚はあったようで、部長は『そうだよねえ。無理言ってごめんね、倉成主任が気に病む必要はないから』とフォローしてくれた。けれど初輝の気持ちは晴れず、小会議室をあとにしてからどっと後悔の念に襲われている。

（駄目だな……俺、すっかり和臣くんに依存してる）

上司としても、Ｓｕｂとしても、和臣のことは信頼している。しかし信頼が依存に変わり、自分が和臣の足枷《あしかせ》になってしまうのは大問題だ。

（ちゃんと和臣くんから離れる準備をしないと。和臣くんがいなくても、仕事でもプライベートでも、ちゃんと自分の力で立たなきゃいけないんだ）

握った拳でトントンと額を叩《たた》き、初輝は苦い顔で己に言い聞かせた。

和臣は最初から、雲の上の存在だったはずの相手だ。元いた場所に帰る彼を、同じ土俵に立てたと勘違いした自分が引き留めることなどあってはならない。

しっかりしろ、と初輝が自分を叱責していると、ボトムのポケットが短く振動した。中からスマートフォンを取り出すと、メッセージ受信のポップアップが画面に表示されている。アプリ名として映し出された「Ｄｏｍ／Ｓｕｂパートナーマッチング」の文字を、初輝は無言で見つめた。

金曜日の夜、仕事を終えた初輝は新しくオープンしたイタリアンバルを訪れていた。

和臣が連れていってくれたようなカジュアルとはほど遠い印象の高級レストランではなく、こちらは本当にカジュアルなバルだ。海賊船を思わせるウッド調のインテリアの店では、ギャルソンエプロンを身に着けた年若い店員たちがめまぐるしく動き回っている。

初輝がそわそわしながらテーブル席に着いていると、店員に案内されて一人の男性が近寄ってきた。

緊張しながらもぺこりと頭を下げた初輝に、フレームレスの眼鏡《めがね》をかけた彼はほっとした様子で笑みを見せた。

「ハツキさん、ですか？」

「は、はい。えっと、ソウマさん？」

「ええ。どうも初めまして」

いくつか年上の彼に対し、初輝は咄嗟に腰を上げて挨拶しようとするが、「あ、全然そのままで」と手で制止された。すぐに彼も椅子を引き、正面に腰を下ろす。ぱっと見た印象では和臣に近い長身だが、全体的に線が細く、おっとりとした雰囲気の柔和な面立ちだった。

（電車で会った強面《こわもて》の人や和臣くんしか知らなかったけど、Ｄｏｍっていろんな人がいるんだな）

彼——相馬《そうま》は、Ｄｏｍ／Ｓｕｂマッチングアプリを使って知り合ったＤｏｍだ。

どう足掻《あが》いたところで和臣との仮パートナー期間はあと二週間で終わるのだからと、初輝は少しでも早く気持ちを切り替えるべく、ダウンロードだけしてほとんど利用していなかったマッチングアプリを再びチェックし始めた。

プレイ相手を募集する書き込みには、投稿者情報として、好みのプレイ・性別・年代・体型といったざっくりとしたプロフィールが記載されていた。

その下に一言欄があるのだが、「初日お試しＯＫ」「肉体的加虐できます」といった過激な文字が大半を占める中、「最初二回は顔合わせとおしゃべりのみ。お試しプレイは三回目以降で」と慎重なコ

DRINK MENU

メントを出していたのが相馬だった。

暴力的なプレイは不可、性行為は極力なし。単純な条件で言えば、当初、初輝が求めていた相手に一番マッチするように思える。メッセージを送るときに和臣の顔がよぎったが、和臣との仮パートナー期間はプレイをしないことに決め、初輝からコンタクトを取った。

（いずれはプレイをするかもしれないＤｏｍと連絡を取るのは、他の相手を作らないで、っていう和臣くんとのルールに反する……のかな？　いやでも、あと二週間で関係を終わりにするって宣言されてるんだから、他のＤｏｍと会っておしゃべりするくらい許されるだろ）

Ｓｕｂへの変異直後にはなかった積極性が湧いたのは、少しでも早く和臣への恋情を忘れたかったからだ。仮パートナー期間が終わってから次のプレイ相手が見つかるまで、間が空けば空くほど和臣のことを想って虚無感に襲われる気がした。

「いやー、びっくりしたよ。ほら、僕、好みの条件を相当絞ってただろう？　だから全然需要がないか、相当年上の方からしかメッセージを送ってもらえなくてさ。僕より年下の初輝くんに連絡をもらったとき、冷やかしかな？　と正直警戒してしまったんだよね」

朗らかな調子で語る相馬は三十二歳で、在宅で翻訳の仕事をしているらしい。ピザやらアクアパッツァやら、各々食べたいものを注文して取り分けながら互いの話をする。

「相馬さんは、誰かにカラーを贈ったことはあるんですか？」

「あるよ。五年くらいパートナー兼恋人だった子でね、このままずっと一緒にいるんだろうなって思ってたんだけど、三年前に急に振られてしまって」

「えっ、またどうして……？」

「僕の枯れ木のようなプレイがもうずっと体に合ってなかったんだって。年下の子でね、彼にとっては初めての恋人でプレイパートナーだから、自分の本能と恋人のプレイが合わないって言い出せなかったらしくて。最後には『ごめんなさい』って泣かれてしまったよ」

「それは……なんというか、つらいですね。どちらも悪くないのに」

　マルゲリータを小皿に移しながら初輝が神妙な面持ちで言うと、相馬は眼鏡の奥でぱちぱちと瞬いてから、頬杖をついて興味深げな視線を送ってきた。

「Ｄｏｍのくせに情けないって思わない？　よりテクニックのあるＤｏｍは、いわゆる軽いプレイでも重いプレイでも、Ｓｕｂの望みに自在に合わせられると聞くよ。この話をすると、僕はＤｏｍの友人にもＳｕｂの友人にも、結構な割合で『お前が悪い』って言われてきたんだけど」

　思いがけない言葉に初輝は戸惑った。Ｄｏｍを一括《くく》りにしていたが、どうやら行えるプレイによって多少なりとも優劣があるものらしい。

　自分がもし相馬や、彼の元パートナーの立場だったら、と初輝は思いを巡らせた。Ｓｕｂになってから日が浅く、和臣以外とのプレイ経験のない初輝では大した慰めの言葉はかけられない。

　それでも、相手とのプレイで満たされていたのは自分だけだと知ったときの悲しみはよく分かる。和臣が隠れて抑制剤を飲んでいると悟ったとき、初輝もショックを受けたから。

そして、相馬を想うからこそ嗜好のズレを言い出せなかった元パートナーの優しさも、手に取るように分かる。和臣も、Ｄｏｍとしての欲求より初輝の気持ちを優先させてしまう優しい人だから。

「俺はＤｏｍとしての良し悪《あ》しとか、そういうのは全然分からないですけど……お互いが満足できる対等な相手と組むのがプレイパートナーなのに、Ｄｏｍにだけ全責任を負わせるのは違うんじゃないかと思います」

初輝は手に取りかけたピザを小皿に戻し、相馬から目を離さずに告げた。

「相馬さんの元パートナーだって、相馬さんと一緒にいるのが幸せだったからこそなかなか言い出せなかったはずなのに、第二の性だけでどちらが悪いかなんて他人が決めていいわけがない」

Ｄｏｍにコントロール権を預けること、セーフワードの使い方、互いを尊重し合ったプレイ……それらを教えてくれたのは和臣だ。

彼が根気よく初輝に付き合ってくれたから、ＳｕｂはＤｏｍの命令に強引に服従させられる性なのではなく、対等な立場で隣に立てる相手なのだと知ることができた。

（和臣くんから離れる準備をするために相馬さんと会ってるのに、俺、和臣くんのことばかり考えてる……）

気恥ずかしさが募ってふいと視線を外すと、正面で相馬が軽やかな笑い声をあげた。おかしな発言をしただろうか、と狼狽える初輝に、相馬は「ごめんごめん」と顔の前で両手を振る。

「変な意味で笑ったんじゃないよ。なんていうか……初輝くん、すごくピュアなんだなって思って。

こんなにまっすぐな人、久しぶりに見たよ」

　その返答にほっとしたものの、「まっすぐ」という表現が引っかかり初輝は苦笑した。大学生だった頃の和臣が、二十五歳のときの自分を同じ言葉で評価してくれたことを思い出す。

「いえ、むしろ俺ってまっすぐでもなんでもない大人になってしまったなと、つい最近反省したところで……」

　会話のターンが初輝に回り、初輝は相馬にコンタクトを取るに至った経緯を洗いざらい話した。Ｎｅｕｔｒａｌとして生きてきたはずが、突然Ｓｕｂに変異したこと。職場の部下が自分の仮パートナーとして練習に付き合ってくれることになったこと。その部下に恋をしたものの、告白すらまともにできないまま振られてしまったこと。

　初対面の相手だからというだけでなく、親しみやすい相馬だからこそ自分の失敗を素直に打ち明けられた。相馬はノンシュガーのジンジャーエールで口を潤してから、「なるほど」と頷く。

「僕は完全に当て馬ポジションってわけだね？」

「そっ、んなことはないですけど……！」

「ははは。平気平気。パートナー関係で失敗したのは僕だけじゃないんだなって思うとちょっと安心したしね」

　相馬は鷹揚《おうよう》に笑って、アクアパッツァを彩るミニトマトをぱくぱくと口に運んだ。その後は仕事の話や休日の過ごし方など他愛ない話をして、皿の上がすべて片付いた頃に店をあとにした。

「今日は楽しかったよ。どうもありがとう」

店の外で相馬は初輝と向かい合い、やわらかく目許をゆるめた。初輝も深々と頭を下げる。

「こちらこそありがとうございました。俺から声をかけたのにごちそうになってしまいすみません」

「いえいえ、年上なので格好つけさせてください」

そう言って軽く手を振って見せる相馬に、初輝も自然と肩の力が抜けた。

会うまでは緊張したが、相馬は年上のＤｏｍなのに威圧感がなく、さっぱりとした大人の男という印象だった。友人になりたいタイプだ、と思う。

そんな風に考えていたのが顔に出たのか、相馬はスマートフォンを取り出すと控えめな調子で口を開いた。

「もし良かったら連絡先を聞いてもいいかな。アプリ経由で逐一メッセージのやりとりをするのも手間だし……。初輝くんさえ良ければ、またご飯でも行けたら嬉しいんだけど」

相馬の申し出に初輝が一瞬ためらったのは、例に漏れず和臣の顔が浮かんだからだ。相馬が自分に連絡先を聞いたのは、友人になるためか、プレイ相手の候補としてか。前者なら素直に喜べるが、後者の場合、和臣を裏切ることになるのだろうか。

そんな風に考えて、初輝はすぐに自分の想像に失笑する。

（十月以降に俺が誰とどうなっていようと、和臣くんはなにも思わないだろ。今さら俺はなにを期待してるんだよ）

胸のざわめきを悟られないよう笑顔で繕《つくろ》い、初輝もスマートフォンを取り出して連絡先を交換した。

律儀《りちぎ》に礼を言ってスマートフォンをポケットに戻した相馬は、ふいに静かな微笑みを見せる。

「初輝くん。僕は君のこと、一人のＳｕｂとして興味を持っているよ」

決して友情だけを深める意図で連絡先を尋ねたわけではないと、相馬はしっかり釘を刺してきた。

おっとりとしたイメージなのに意外と抜け目がないというか、そこはやはり年上だ。

「きっかり九月末で今の彼と終わってしまった場合は、良かったら一度プレイ相手の候補として僕と会ってもらえたら嬉しい。あ、もちろん次はまだ二回目だから、気軽な気持ちで来てもらって構わないよ」

初輝が誤解しないよう明確な宣言をしつつ、最後は食事中と同じ朗らかさで相馬は締めた。初輝もどぎまぎしつつ「分かりました」と頷く。

二軒目に誘うこともなければ、駅まで送ると言い出すこともなく、相馬はきっちり現地集合・現地解散で帰っていった。和臣との仮パートナー期間中であることを聞いたために、下手に長く一緒にいないよう気を遣ってくれたのかもしれない。

(良い人だったけど……正直、あの人とプレイをする自分は想像つかないな)

Ｄｏｍのコマンドを受けて跪き、彼の支配下にあることに悦びを見いだす。そのイメージの先にいるのは常に和臣だ。いくら当初の条件に合うＤｏｍを見つけたところで、初輝の中の絶対的な王は退く気配がない。

登録件数の増えたスマートフォンを手に初輝がぼんやりと佇んでいると、唐突に手のひらに振動を感じた。もう連絡を寄越してきたのか、と驚いて画面を確認した初輝は、表示された名前にますます困惑した。

スマートフォンへ届いた通知は、相馬からでもマッチングアプリからでもなく、和臣からの着信を知らせるものだった。

駅前まで自動車で迎えにきた和臣は、初輝がパールホワイトのＳＵＶに駆け寄ると、窓ガラス越しに片手を上げた。

つい二十分ほど前まで相馬と一緒にいた初輝は、複雑な心境で助手席側に身を滑り込ませる。食事をしただけとはいえ、他のＤｏｍと会った後ろめたさと、和臣に会えた嬉しさが胸の中でごちゃ混ぜになっていた。

ハンドルに腕をのせた和臣は、ネイビーの地に細いストライプ柄のスリーピーススーツをまとっていた。夜とはいえ九月半ばではまだ暑いらしく、上半身はシャツとベスト、水色のネクタイだけの状態だ。引き締まった体にぴたりと沿うエレガントなスーツは、和臣の濃厚な雄の色香をより際立たせる。

「わざわざ迎えにきてくれてありがとね」

見慣れたシンプルカジュアルな私服とのギャップにドキドキと胸を高鳴らせ、初輝ははにかみつつ運転席に座る和臣に声をかけた。和臣もリラックスした様子で目許を綻ばせる。

「初輝さん、友人と食事って言ってたので、タイミングが合えばついでに拾えないかと思って」

「和臣くんは得意先と会食だっけ？」

「はい。丸武デパートの社長方と、父と一緒に」

酒を飲んだわけでもないのにふわふわした心地でいた初輝は、なにげなく会話に混ぜ込まれた単語にガツンと殴られたような衝撃を覚えた。数日前に耳にした会話が脳裏《のうり》によみがえる。

『丸武デパートの社長令嬢に気に入られて、先方からの要望で打ち合わせに同席してるって』

『もしかしてそれってお見合いも兼ねてるのかな？』

なんてことはない、ただの噂話だ。仮に本当だったとしても、パートナーではなくなったあとの和臣に対して初輝に口出しする権利などない。まして初輝だって他のパートナー候補を探している最中だというのに。

嫉妬心と自己嫌悪の念が絡み合って渦を巻き、初輝の胸を締めつけた。和臣以外の命令を聞きたくない。和臣以外に触れられたくない。……和臣に、自分以外に触れてほしくない。

声にできない言葉は墨のように黒ずんで、初輝の心を塗りつぶしていく。

「このあとなにか予定はありますか？」

初輝の胸の内など知らない和臣は、太股の上にのった初輝の右手に左手をそっと重ねた。導かれるように運転席の男へ視線をやれば、和臣が熱のこもった眼差しを寄越してくる。

「もし特に予定がないのなら、うちに泊まっていってもらえませんか」

二人きりの空間に、和臣の深い声がよく響く。初輝は薄暗い気持ちを抱えたまま、親指の腹で和臣の手をさすり「分かった」と答えた。

マンションの地下にある駐車場に着いたところで和臣にキスをされた。エレベーター内でも腰を抱かれて引き寄せられたのを「監視カメラついてるだろ」と慌てて拒んだが、部屋に入って鍵を閉めた途端我慢できないとばかりに唇を奪われた。

玄関扉に押しつけるようにして激しく求められ、舌の根元が痺れるほどにしゃぶり尽くされる。ようやく唇を解放される頃には、顎にまで唾液が伝っていた。

「今日、ど……したの」

和臣の肩に手をのせた初輝は、濡れた吐息を漏らしながら目の前にいる男に尋ねた。和臣はその手首をつかんで内側の皮膚に唇を寄せ、いくつものキスを降らせる。

「今週末は会えないかもと思っていたから……、浮かれました。すみません」

低く掠れた声には明確な情欲が宿っていて、初輝は舞い上がってしまいそうな気持ちを必死で抑え込んだ。和臣のこの、目眩がするほどの色気を放ちながら、時折覗かせる年下特有の可愛らしさは本当に良くない。和臣の望むことならなんでも許してしまいたくなる。

急《せ》いた様子で腕を引く和臣に連れられ、初輝は大きなベッドが待ち構える寝室へ移動した。

初輝をベッドの縁に座らせた和臣は、その正面に立ち中腰になって再びキスをする。玄関先でした性急なものとは違い、しっとりと重ね合わせて味わう口付けだ。

「Ｒｏｌｌ《仰向けになって》」

囁くようなコマンドが鼓膜を震わせ、初輝はそのまま後ろに体を倒した。唇を追いかけてのしかかってきた和臣は、初輝の腰を抱いてベッドの中央に移動させる。

軽く覗かせた舌をじゃれ合わせ、表面に吸いついて、飽きることなくキスを交わしながら和臣は初輝のカットソーに手を差し入れた。手のひら全体で体の輪郭をなぞりながら、焦れったくなるほどゆっくり服を脱がせていく。

コマンドの制限をなくしてから、和臣のプレイには二つの特徴があることが分かった。

一つ目は、Ｓｕｂをどろどろに甘やかす奉仕型のプレイを好むということ。Ｓｕｂに命令するばかりの一方的なプレイを好むＤｏｍもいるらしいが、和臣はそういった性質とは正反対で、頭の天辺《てっぺん》から足の先までを慈しむかのように愛撫する。

（ちょっとしたコマンドでも心から嬉しそうに褒めてくれてたけど、初心者の俺に合わせて大袈裟なアフターケアをしてた……ってだけじゃなかったんだろうな）

ぼんやりとそんなことを考える初輝の前で、和臣はカットソーの下から顔を出した突起に、ねっとりと舌先を擦りつけた。唾液をまとわせた先端で乳首を捏ね回されると、むずがゆいような心地と漣《さざなみ》のような快感が押し寄せて、初輝は堪らず腰を浮かせた。

「あっ、い……きもちぃ……」

熱が集まる中心を和臣の腹に押しつけると、和臣は楽しげに口角を上げボトムの上から初輝の雄を揉み込む。何度か手を上下させて形をなぞると、初輝のボトムをくつろげ下着ごと引き下ろした。

カットソーを胸元まで捲り上げ、下半身は靴下だけを身に着けた中途半端な格好の初輝を、和臣は満足げに見下ろした。すでに熱の灯った初輝の体は、欲望が半勃ちになっている。

「可愛い。乳首もここも、赤くなって反応してますよ」

くすりと笑い声を漏らしながら初輝の内股を撫でた和臣は、薄い下生えの中央におもむろに顔を下ろした。

「えっ、待って。まだシャワーを浴びて、なっ……ッあ……！」

和臣の意図を察して初輝は慌てて上体を起こしかけたが、止める間もなく性器を口に含まれてしまった。和臣はアイスキャンディーをしゃぶるかのように初輝の幹に吸いつき、しっかりとそこに芯が通ると、今度は口の粘膜全体を使って愛撫し始める。

淫猥な水音を立てながら、自分の陰茎《いんけい》が和臣の唇に飲み込まれていく様は強烈だった。温かくやわらかな肉によって性器を包まれる快感に、初輝は喉を反らせる。恥ずかしいのに気持ちが良くて、初輝はベッドの上で悶《もだ》えるばかりでろくな抵抗もできない。

和臣のプレイのもう一つの特徴。それは、Ｓｕｂの恥辱にまみれた表情を好むことだった。

「二日前にもしたのでさすがに勃ちにくいかなと思ったんですが、そんなことなかったですね」

上向《うわむ》いた性器をゆったりと撫でさすりながら、和臣は鈴口に舌先をねじ込むようにして刺激した。

ぴちゃ、と濡れた音がこぼれ、初輝は居たたまれなさに顔を背ける。

するとすかさず和臣に顎をつかまれて顔の位置を戻され、

「初輝さん、Ｌｏｏｋ《こっちを見て》」

と視線を固定された。初輝が見つめる前で、再び淫靡な口淫が始まる。

雁首までの浅い部分を口腔に出入りさせながら、和臣は指の背でぐりぐりと会陰《えいん》を押し上げた。前立腺が隠れる場所を外側から刺激されると、指を咥《くわ》えることを覚えた後孔が疼いてしまう。

初輝は折り曲げた膝を震わせて、消え入りそうな声で必死に懇願した。

「和臣くん……う、後ろも、触ってほし……」

その声をしっかりと拾って、和臣は先走りが漏れる先端に口付けたのち体を起こす。唾液で濡れた唇を手の甲で拭いながら、和臣はベッド脇に置かれたサイドテーブルに目をやった。

「じゃあ必要なものを準備してください。Ｔａｋｅ《取っておいで》」

与えられた命令に頷き、初輝は四つん這いの状態でベッドの上を移動した。サイドテーブルの引き出しを開けてローションを手に取り、あぐらを搔いて座る和臣のもとへ戻る。

持ってきたものを和臣に渡すと、初輝はごく自然に飼い犬がするような「おすわり」の体勢を取り、自ら頭を下げた。

撫でられ待ちをする初輝に、和臣は微かな笑い声を漏らしこちらへ腕を伸ばす。指で髪を梳くように撫でられ、溢れる喜びと安堵に初輝は表情を綻ばせた。

「ちゃんと持ってこられてえらいですね。俺の可愛いＳｕｂは本当に良い子だ」

両手で初輝の頭を抱えて引き寄せ、和臣は額にキスをした。甘い声音と甘い仕草に、心も体も蕩けてしまいそうだった。

（プレイをしたＳｕｂには、みんな同じように褒めるのかな）

幸福なのに胸が切なく軋むのは、和臣の隣に他のＳｕｂが並ぶ未来が容易に想像できてしまうからだ。きっと魅力的で愛らしい、初輝よりもずっと経験豊富なＳｕｂが。

（でも……和臣くんが求めてくれる間は、この優しさも彼のコマンドも、全部俺だけのものだ）

だからせめて和臣が「恋人を作らない」と宣言している間だけは、仮とはいえ彼のパートナーであるあと二週間は、蜂蜜のように甘いプレイとセックスに溺れていたい。

初輝の痴態に煽られたのか、うっすらと額に汗を浮かべた和臣が、ネクタイをゆるめ首元から引き抜いた。ワイシャツのボタンを外し始めた和臣に、初輝は思わず「あっ」と声を漏らす。

「どうしました？」

不思議そうに首を傾げる和臣に、初輝は唇を引き結んだ。けれど結局無言の問いに耐えきれず、素直な感想を吐露する。

「スーツ脱いじゃうの、もったいないなと思って……」

締まった胴を強調するネイビーのベストにそろりと触れると、自分の服装が普段とは違うことを今実感したとばかりに、和臣も己の体に視線を落とした。

「脱がないほうがいいですか？　今日は着たまましましょうか」

「でも暑くない？」

「その分エアコンの温度を下げますよ。俺のスーツ姿、好きですか？」

「……かっこいいなって思う」

洋服の話だとは分かっていても、好きだとは言えなかった。口を滑らせたら最後、芽生えてしまった恋情が一気に溢れ出てしまう気がした。

「じゃあこのまましましょう。初輝さんが少しでも見惚れてくれたら嬉しい」

そう言って初輝の頰を手で包み、和臣は顔を傾けて唇を重ねた。全然気づいていないんだな、と初輝はまぶたを伏せてため息を飲み込む。和臣と同じ時間を過ごしている間は、彼の表情や些細な仕草に、毎秒毎分見惚れているというのに。

和臣はスラックスとワイシャツ、それにベストをまとったまま壁にもたれて座った。初輝が中途半端に身に着けていたカットソーや靴下を脱がせると、「Ｃｏｍｅ《おいで》」と言って両腕を広げる。初輝はベッドに投げ出された長い脚を跨ぎ、膝立ちになって和臣と向かい合うと、彼の両肩に手を置いた。

初輝が持ってきたボトルの蓋をゆるめると、和臣は手のひらにとろりとした液体を垂らし、右手の指に絡めた。それが初輝の蕾《つぼみ》に宛てがわれる。

つぷ、と中に押し入ってきた指は、勝手知ったる風で初輝の肉の中を突き進んだ。

「あ、う、んっ……」

「苦しくないですか？」

「ま、まだ一本だから、平気」

嘘だ。本当はもう、二本でも三本でも悦んで受け入れられる。和臣の拓《ひら》き方は慎重なのに的確で、ここ数回のプレイで中を掻かれ、内壁を解されるうちに、初輝の体はすっかり後孔で得る快感を知ってしまった。けれどそれを素直に打ち明けるのは、淫乱みたいでさすがにためらわれる。

初輝の返事に和臣は無言で目を細め、腰に腕を回して抱き寄せてきた。指を折り曲げたり伸ばしたりして中を探りながら、胸に顔を寄せ乳輪ごと突起を口に含む。

「あっ、なんっ……」

動転する初輝を見上げながら、和臣はじゅっと音を立てて乳首に吸いついた。

「少しでも苦しいのが紛れるように、他のところも一緒に触りますよ」

平然とそんな風に言って、和臣は一度指を引き抜いてから二本目を差し入れる。ピストンするように前後させ、感じる場所にぐーっと指を押し込みながら、唾液をまとった舌は小さな乳首を執拗《しつよう》にいたぶった。

初輝の胸も後孔も、これまで誰にも触らせたことすらなかった場所なのに、今はそこを責められるたびに下肢が蕩けてしまいそうな性感を覚える。それなのに、三本目の挿入とともに反り返った欲望まで握ってくるので、初輝はさすがにかぶりを振った。

「む、無理、だめ。そこ触られたら出ちゃうから……っ」

「そうなんですか？　つらいんじゃなかったんですか？」

のんきな調子の台詞は白々しいほどだ。分かってやっているな、と初輝は自分を良いようにもてあそぶ年下の男を睨むが、潤んだ瞳では大した効果は得られなかった。

制止も虚しく、和臣の右手が中への愛撫を再開すると同時に、左手は緩慢な動きで初輝の雄を扱き始めた。

「だめ、っあ……あ、んッ……スーツにかかっ、ちゃうっ」

「そうですね。初輝さんがせっかくかっこいいって言ってくれたのに、初輝さんの精液で汚れちゃいますね」

「だから、だ……めッ……、だめ、なのにっ……！」

いやいやと首を横に振りながら、いつしか初輝は自ら腰を揺らしていた。

竿《さお》を包む手のひらに雄をぶつければ、より強い刺激が初輝を苛む。後ろに咥え込んだ指も意図せぬ場所にぶつかって、いけないと思いながらも腰を前後させるのをやめられない。

「あ、あぅ、きもちいっ、きもちぃ……ッ」

和臣の肩をぎゅっとつかむと、初輝は天を仰ぎ夢中になって嬌声《きょうせい》をあげた。

「高い声で鳴きながら腰をカクカクさせて……、初輝さん、発情期の犬みたいですね」

初輝の胸の上で薄く笑みを浮かべた和臣は、散々しゃぶられて赤く艶めく乳首に歯を立てた。微かな痛みがそこを刺した瞬間、体の中心を強烈な快楽が駆けた。

「あ……ッ、ひ、ァ……っ――！」

性路を突き抜けた白濁が鈴口から溢れ、和臣のスーツを汚した。

中から指を引き抜かれれば初輝はもう脚に力が入らず、ぐったりとその場に尻餅をつく。和臣の肩口に額を寄せた初輝は、背中を上下させて荒い息をこぼしながら、白い体液で汚れたベストとスラックスを眺めた。

射精の余韻が引くと今度は理性が追いついてきて、初輝は青い顔で和臣にしがみついた。

「ごめ……ごめんなさい、和臣くん……」

消え入りそうな声で告げる初輝に、和臣は「ん？」と声をあげた。しかしすぐに謝罪の意図を悟ったらしく、初輝の体に腕を回しゆるく抱きしめてくる。

「ああ、いいんですよ。初輝さんが気持ち良くなれたならそれが一番だから」

「でも俺、自分でっ……。か、和臣くんのスーツを汚しちゃうの、分かってたのに」

初輝は情けなく声を震わせ、ぐすっと鼻をすする。いけないと分かっていながら自分を抑えられないなんて、俺は駄目なＳｕｂだ。

身を縮こめて涙を堪える初輝に、和臣はこめかみへキスを贈ったのち背中をさすってきた。

「本当に気にしなくていいのに。……でも、そうだな。こういうことをしたら自分でも納得できそうだなってこと、初輝さん、なにかある？」

小さな子供に話しかけるかのような口調で尋ねながら、和臣は初輝の後頭部にぽんと手を置いた。

初輝はしばらく考えたあと、目許を手で拭って和臣から身を離す。

「おしおき、して」

和臣と向かい合う状態で、もじもじとうつむきながら初輝は言った。幼げなのに、どこかいかがわしい気配のする言葉。けれどそれがちゃんとできたら、和臣は、初輝のＤｏｍはきっと褒めてくれると思った。

初輝の提案に和臣は目をすがめ、無言で口角を上げる。ウサギを前にした狼《おおかみ》のようにべろりと己の唇を舐め、男らしい喉仏を上下させた。

「いいよ。初輝さんが望むなら」

裸の肩に右手を置いた和臣は、手のひらをすうっと滑らせて初輝の腕のラインを撫でる。和臣の形の良い唇が新しいコマンドを告げるのを、初輝は今か今かと待ち侘《わ》びた。

「Ｃｒａｗｌ《四つん這いになって》」

以前は禁止していたコマンドを与えられ、初輝は嬉々として和臣の膝から下りた。ベッドに両手をついて顔を伏せ、腹の下に和臣の太股がくるよう、和臣の体に対して垂直になる状態で四つん這いになる。

尻だけ高く突き出す格好を取ると、和臣が「良い子だね」と頭を撫でてくれた。

「じゃあ……初輝さん。嫌だったらセーフワードを言ってください」

「うん……」

ドキドキと胸を高鳴らせながら、初輝はぎゅっとシーツを握りしめた。一拍の間ののち、パシンッという音とともに尻を平手で叩かれる。

「……ッ！」

裸の尻たぶに直接与えられる衝撃に、初輝はビクリと肩を跳ねさせた。音の大きさのわりに大した痛みはない。初輝も和臣も暴力的なプレイは好まないので、加減してくれているのが分かる。

しかし二回、三回と叩かれるうちに尻がヒリヒリとした熱を持ち始め、初輝は身を捩ってシーツに頬を擦りつけた。痛いわけでもつらいわけでもない。射精したあとの性器が再び芯を持ち始めるくらい、ひどく興奮していた。

「っは……はぁっ……！」

「こういうの、お漏らしをした子にする折檻《せっかん》みたいですね」

左手を尻に打ちつけながら、和臣は右手を初輝の胸に伸ばし、先ほどまで散々弄っていた乳首を強く摘んだ。それでまた感じてしまい、初輝の欲望が大きく揺れる。

（おしおき、なのに……俺、また気持ち良くなっちゃってる……っ）

我慢しきれず和臣の服に精液を垂らし、自ら尻を出して罰を受けている。自分の状況を振り返るとあまりに情けなく、惨めで、その分だけ昂った。太股の間で初輝の雄はすでに漲り、尻をぶたれる衝撃に合わせ先走りを漏らす。

この年下のＤｏｍは初輝をひどく可愛がり、甘やかしてどろどろに溶かし、けれど時折ひどく恥ずかしい台詞や格好をさせて初輝を恥辱の渦に落とす。Ｓｕｂが自らそうなりたいと望むよう仕向けているのか、自らの本能がそういったプレイを望んでいるのか、経験の少ない初輝には分からない。

けれどもう初輝の体は、和臣の命令によって悦びを得る仕様に作り変えられているのだ。

（あ……、駄目だ。俺、また……！）

込み上げる射精感に焦りを覚え、初輝は咄嗟に太股を閉じ、性器の根元を強く握りしめた。

「くうぅ……ッ！」

痛いくらいに性器を締めつけ、初輝は唇をきつく結んで精が漏れるのを防いだ。代わりに脳内で桃色の快楽が溢れ、初輝はビクビクと全身を痙攣《けいれん》させて絶頂に身を浸す。

「初輝さん、もしかしてイッちゃいました？　……あれ？」

ベッドに横倒しに転がった初輝を仰向けにさせて、下腹部に目をやった和臣は、いまだ精を蓄えて上を向く雄に眉を上げた。四肢を投げ出した初輝は、陶然とした眼差しを宙に投げたまま返事もろくにできない。

「出さずにイッたんですか？　射精しないようにわざわざ自分で握って？」

驚いた様子で確認され、初輝は視線を和臣に戻した。

「また漏らしちゃったら、おしおきにならないから……」

自分としてはごく自然な行動だったのだけど、おかしかっただろうか。不安になって小さく首を傾げる初輝を前に、和臣は口許を手で覆い、ぱっと視線を外した。隠しきれないほど頬が赤らんでいるのが分かる。

「和臣くん。俺、ちゃんとおしおき我慢できてえらい……？」

初輝がおずおずと腕を伸ばせば、和臣ははっとした様子で初輝の体を跨ぎ、シーツとの間に腕を差し入れ抱きしめてきた。

「うん、えらい。よく頑張りましたね」

苦しいくらいに腕に力を込められ、きつい抱擁に初輝はほっとした。ワイシャツをまとった肩に頬をすり寄せて甘えると、和臣が頭を撫でてくれる。

なにもかも全部和臣が与えてくれると思った。初輝の安堵も、快楽も、すべてこのＤｏｍの手の中にある。

初輝は細く息を漏らすと、静かに口を開いた。

「和臣くん」

俺のこと、好きになってほしい。

「俺のこと、抱いてくれないかな」

本当の願いは胸の奥で囁いて、初輝は二番目の願いを口にした。和臣が身じろぎ、初輝に馬乗りになる状態で、珍しく戸惑った様子を見せる。

「でも、体つらくないですか？　一回射精しただけじゃなくて空イキまでしてるし、挿入もしたらさすがに負担が大きいんじゃ……」

コマンドの制限をなくしても相変わらず自分にばかりに気を遣う和臣に、初輝は困ったように眉を下げた。

　ここ数回のプレイで、和臣は散々初輝を悦がらせたあとで太股の間に性器を差し込み、いわゆる素股の状態で腰を打ちつけてきた。挿入したいという欲が和臣の中にあることは間違いないだろう。

　それを今まで実行しなかったのは、男との性行為の経験がない初輝を気遣ってくれた結果だ。初輝の後孔に指を入れるときの和臣は、常に「痛くないですか？」「つらかったらすぐに言ってください」と労りの言葉を惜しまなかった。

　きっと初めて挿入したときの思い出が嫌なものになれば、せっかくプレイに抵抗がなくなった初輝に、またトラウマを与えてしまうと考えたのだろう。……他のＤｏｍとも問題なく、セックス込みのプレイができるようにと配慮してくれたのだろう。

「和臣くんはいつも優しいから大丈夫」

　初輝はシャープな顎にそっと触れると、和臣の頬に手を滑らせる。

「俺、和臣くんに挿れてほしいよ。……初めて抱かれる相手は、和臣くんがいい」

　まっすぐに和臣を見つめ、初輝は素直に気持ちを吐露した。

　初輝の心と体を思いやってくれるのはありがたい。けれどこのまま、和臣に抱かれずに仮パートナーの期間が終わってしまうのは嫌だった。

　正式なパートナーになってもらえなくても、和臣の恋人として隣にいられなくても、せめて思い出が欲しかった。自分を最初に抱いた男は、心から好きになった相手だという思い出が。

初輝の言葉に、和臣は雷に打たれたかのように目を瞠った。唇を結んで体を硬直させ、しばらく沈黙が落ちる。

やがて和臣は一つ瞬き、わずかに瞳を揺らした。端正な顔が傷ついたように歪んだのは一瞬で、次に見たときには和臣は温かな微笑みを浮かべていた。

「分かりました。初輝さんのこと、抱かせてください」

初輝の手を取った和臣は指先に恭しく口付けると、一度身を起こしサイドテーブルの引き出しからコンドームを手に取った。

初輝のもとへ戻るとスラックスの前をくつろげ、勃起した雄を取り出す。初輝ばかりが愛撫を施されていたのに、和臣の欲望はしっかりと天を仰ぎ、血管が浮き上がるほど漲っている。

コンドームを装着し終えた和臣は、初輝の内股に手をかけ脚を割り開かせた。早く埋めてほしいとひくつく蕾に屹立《きつりつ》を宛てがい、ゆっくりと腰を押しつける。丸い先端に後孔が吸いついたと思ったら、そこはぐぷぐぷと貪欲に雄を飲み込み、淫《みだ》らに蠢《うごめ》いて和臣を奥へと誘《いざな》った。

「あ……っ、……ッはあ……」

長大な肉杭に侵入される感覚は、指とは比べものにならなかった。額に汗を浮かべ背中をしならせる初輝に、和臣が腕を伸ばし両手の指を絡める。

やがて初輝の奥に切っ先が触れ、和臣が動きを止めた。

「はっ……、ふ……、入っ、た？」

　初輝は思わず太股の間に腕を伸ばし、結合箇所に触れてみたが、和臣のものはまだ少し根元が余っているようだった。限界まで後ろを拓かれて苦しいくらいなのに、と思うと、なんだか無性におかしくなってしまう。

「ふふ、和臣くんの大きいね」

「それ褒めてますか？」

「ちょっと困ってる」

「……一度抜きましょうか？」

　神妙な面持ちで尋ねられ、初輝はとうとう「あははっ」と声に出して笑ってしまった。中に埋めた雄にまで振動が伝わったらしく、和臣がぴくりと眉を震わせる。そんな些細なことで、ああ、今和臣くんと繋がってるんだな、と実感して妙に感動した。

「抜かないで。苦しくないわけじゃないけど、でも……、気持ち良くて。だから困ってる。俺、ここに挿れられるの本当に初めてなのに、おかしいよね」

　臍《へそ》の下に手を置き、初輝は眉を下げて困ったように笑った。圧迫感は間違いなくあるのに、和臣を咥え込んだ内壁は、すでに快感を拾い始めている。

　和臣が律動を開始したら、指で探られた気持ち良い場所を刺激され、きっと自分ははしたなく乱れるだろう。現に、初輝の中心はいまだ上向き、透明な雫を落としている。

和臣は初輝の顔の横に肘をつくと、身を倒して唇を寄せた。繋がった箇所に圧がかかり、初輝は思わず息を飲む。それでも唇が重なると花咲くような歓喜が湧き、自ら舌を差し出した。しばし無言でキスをかわし、互いの体温を確かめ合う。

「全部俺のせいですから」

吐息が溶け合う距離で和臣が囁く。

「胸で感じるのも、恥ずかしいので興奮するのも、挿入されて気持ち良くなってるのも、全部俺がそうなるよう躾けたんです。だから初輝さんがおかしいことは一つもないんですよ」

「……、……うん」

かけられた声音があまりに優しいので、初輝はうっかり泣いてしまいそうになるのを懸命に堪えた。

やだな、と思う。あと二週間で離れなきゃいけないなんてやだな。

初輝の頬や肩、二の腕を撫でて和臣が宥めてくるので、初輝も大きな背中に腕を回し真ん中を通る骨のラインを手でなぞった。言葉もなく互いの体をまさぐるうちに、和臣が少しずつ腰を揺らし始める。

そうなるだろうと予想はしていたが、初輝の内壁はすぐに和臣の形に馴染み、肉を掻かれる刺激を性感として受け取った。感じる場所を和臣の出っ張った部分で何度も擦られると、全身から力が抜けてしまうような、名状しがたい愉悦が生まれる。

体の中のやわらかい部分に和臣を侵入させ、好きにさせているのだと思うと、身体的な悦びとSu

ｂ性による服従欲が同時に満たされるのが分かった。初輝は全身をしっとりと湿らせ、和臣の二の腕に縋って身悶える。

「あっ、あッ、……いいっ……！」

初輝の表情に苦痛がないと分かると、和臣の腰遣いは徐々に大胆に、荒々しくなっていった。直線的な動きで打ちつけ、自身の快感を追いながら、時折大きく腰を回して初輝の反応を探る。ローションをたっぷりと塗り込まれた蕾からは粘着質な音が絶えず漏れた。

「どんな、風に、……はあ……っ、されるのが好きですか？」

初輝の濡れた内壁を穿《うが》ちながら、和臣が声を途切れさせつつ尋ねてきた。やはりスーツを着たままでは暑いらしく、こめかみから伝った汗がぽとりと初輝の頬に落ちる。

「わ、かんな……っ」

「手前と奥だとどちら側が？」

「どっちも、いいから、……あッ、選べない……」

「じゃあどっちもしましょう」

和臣は滴る汗を腕で拭うと、上体を起こして腰を引いた。抜けきる寸前のごく浅い場所に雁首を引っかけ、細かく腰を揺らして絶え間なく刺激する。

かと思えばぐぐっと奥へと埋め込んで初輝の内部を押し上げるので、性感のスイッチを押しっぱなしにされたような感覚に、はっ、はっと浅い呼吸を繰り返して初輝は射精感を逃した。

「だめっ、だめ……っ」

「苦しくて駄目？」

「すぐイッちゃうからだめ……！　俺、ずっとイくの我慢してるのにっ」

和臣からのおしおきを受けて勃起した雄は、もはや先走りか精液か分からないほどに茎を泣き濡らしていた。もしかしたら自分でも気づかないうちに軽く達していたのかもしれない。だってずっと気持ちいい。

「初輝さんの『だめ』はいつも駄目じゃないときに出ますね」

和臣はおかしそうに肩を揺らすと、初輝の顔の横に腕をついて体を支え、大きな動きでゆったりと腰を送ってきた。奥にはめ込まれたまま体ごと揺らされ、初輝はまぶたを伏せて感じ入る。

「いっ、……いい……ッ」

「俺もずっと初輝さんに挿れたいのを我慢してたので、すぐにイきそうです。初輝さんの中、熱くてとろとろで、すごく気持ちいい」

どこかうっとりとした声音で和臣がこぼすので、初輝はそっと目を開けて自分の上にいる男をうかがった。昂揚《こうよう》した様子で初輝を眺める和臣の満足げな微笑みに、初輝は愛しさやら多幸感やら様々な感情が溢れていっぱいになる。

「和臣くんが俺で悦くなってくれるの、嬉しい……」

熱に浮かされた声で言うと、初輝はシーツに爪先を立てて腰を上げ、自らも下肢を揺さぶった。穴

と杭がより深くはまり、また新しい箇所を刺激される。

「あンッ、ぁ……」

「は……ッ、だから、そういう健気《けなげ》なの反則ですよ……！」

　眉間に皺を刻みながらも意地悪く口角を上げた和臣は、初輝の裸体を掻き抱いて激しく突き上げてきた。長く持たせるための様子見をしながらの律動ではなく、互いを絶頂に導くための遠慮のない抽《ちゅう》挿《そう》。

　綻んだ肉を存分に抉《えぐ》られ、初輝は和臣の背中に指を食い込ませた。

「あっ、だめ、イくっ、イく、……っひぁ……——！」

　和臣の腹に擦れていた初輝の欲は、ビュルッと音を立てて白濁を漏らした。体を引き攣《つ》らせるようにして初輝は絶頂を味わう。バケツをひっくり返したように、脳の中に快楽物質をまき散らされているようだと思った。

　その間も耐えず中を突かれ、達したそばから与えられる悦楽に初輝はすすり泣いた。やがて和臣も最奥へ差し込み、膨らんだ雄を弾けさせる。

　結合を解かないまま、和臣は初輝の上で荒い呼吸を繰り返した。恐ろしく疲れているだろうに、初輝に全体重がかからないようベッドに肘をついて上体を支えているせいで、二の腕が細かく震えている。そんな気遣いさえ愛しくて堪らず、初輝はすぐそばにある頬に唇を寄せた。

　それに和臣はどうしてか、苦しげに息をつめた。

「初輝さん、……あんた」

怒っているのか悲しんでいるのか分からない声で、和臣は呻くように漏らす。

「俺以外のＤｏｍで、本当に満足できるんですか」

そう思うなら俺を捨てないでくれよ。

喉の奥まで湧き上がった悲痛な声は、噛みつくようなキスで掻き消され、劣情の中へ溶けていく。

目眩がするほどの深い口付けの中、和臣がベッドの上に転がる箱に手を伸ばし、新しいコンドームをたぐり寄せるのが分かった。


和臣が経営推進部に戻るための引き継ぎ期間は瞬く間に過ぎていった。

電源が入っていないパソコンだけが置かれた簡素なデスクを、初輝は自分の席からぼんやりと眺める。昼休憩が終わるまで残り二十分ほどあり、和臣を含めた数名が離席中だった。

以前はあのデスクに、会社の備品から持ち込みの書籍まで、細々とした本が整然と並んでいた。研修のため半年前にやってきた社員は物言いがややきつく、次期社長という立場もあり周囲からぎこちない態度を取られているときもあったが、蓋を開けてみれば非常に仕事熱心で面倒見の良い男だった。

ＥＣ事業部での研修最終日である今日は火曜日のため、送別会は金曜日の夜に行われることになった。半年という短期間ながらわざわざ送別会を開催しようという声があがったのは、それだけ和臣が頼られ、慕われる社員になった証だろう。

（なんせ送別会の話を最初にしたのは沢田くんだもんな。最初はあんなに和臣くんの言動に愚痴をこぼしてたのに……。新野さんはみんなに声をかけて花束を注文するための会費を集めてくれてたし、今回はみんなが率先して動いてくれてすごく助かったな）

普段はそういった雑務も初輝が取り仕切っていたのだが、初輝の業務負担を減らすべきだと和臣が意見してから「誰かがやるだろう」と放置されていた業務に自ら名乗りをあげる社員が増えた。

和臣と過ごした半年間で、ＥＣ事業部の社員たちも確実に新たな刺激を受けて変わったのだ。

（……俺はどうだったかな）

途中までは多分、和臣の隣に並んで順調に前に進めていた。けれど告白間際で臆病風に吹かれ、好意をきちんと伝えられなかった日から、初輝だけが歩みを止め、去っていく背中を見つめるばかりになってしまった。

重たい気持ちを吐き出すように長く息を落とした初輝は、なんとはなしにボトムのポケットからスマートフォンを取り出した。画面をスワイプすれば、メッセージ受信のポップアップが浮かんだ。相手は二週間前に連絡先を交換したＤｏｍの相馬だった。

『初輝くん、お仕事お疲れさまです。お誘いしてた件なんだけど、今夜のお店、ここなんてどう？』

シンプルな文面のあとにのっていたのはグルメ系レビューサイトのアドレスで、クリックすると欧風料理のレストランが表示された。せっかくなら大きい画面で見ようと、初輝はデスクに配置されたマウスに手をのせると、ブラウザを立ち上げ店名を検索する。

一度会ったきり連絡を取っていなかった相馬からメッセージが届いたのは、つい二日前のことだ。

『例の仮パートナーくんとはその後進展があったかな？　もし僕にもチャンスがあるようなら、三十日の夜にご飯でもどうかなと思っています』

初輝のことをプレイ相手の候補として見ている、という明確な意思表示をしたうえでの誘いに、戸惑わなかったわけではない。

それでも和臣との関係が終わりに近づくにつれ、一人でいるときに唐突な虚しさや悲しみに襲われることが増えていた初輝は、半ば自棄になってその誘いに飛びついた。

次に会うときもプレイをするつもりはないと、前回の別れ際に相馬は言っていた。今後相馬とどういった関係になるのかは想像がつかないが、少なくとも和臣との仮パートナー期間が終わった夜を、一人で鬱々と過ごすよりは誰かと食事でもしていたほうがましに思えたのだ。

(全然乗り気になれないくせに相馬さんに会いにいくの、ありなのかな。……無しだよな)

不誠実なことをしている自覚はある。そんな自分にますます嫌気が差す。誰かに深く恋をした経験が今までなかったから、恋に振り回される自分をまるで制御できなかった。

初輝のすぐそばに人影が見えたのは、指定されたレストランの公式サイトを、パソコンのモニターでぼんやりとチェックしているときだった。

「初輝さん、今ちょっといいですか」

いつの間にかフロアに戻っていた和臣が、もうすっかり見慣れた鋭い目を初輝に向け、デスクの横に立っていた。ＥＣ事業部を離れるに当たっての懸念事項が残っていたのだろうか、と初輝はワークチェアにかけたまま和臣に向き直る。

しかし和臣はフロア内を一瞥したのち、潜めた声で言った。

「ここではちょっとあれなので、場所を変えましょう」

その返答ですぐにプライベートの話だと悟り、しまったと思った。一度話を聞く姿勢を見せた以上、理由をつけて断ることができない。

仕方なく初輝は腰を上げ、和臣に連れられて廊下に出た。和臣は階段の前まで移動すると、周囲に人気《ひとけ》がないことを確認してから初輝の正面に立つ。

「今日の夜、会って話す時間を作ってもらえませんか」

声にも表情にもぎこちなさをにじませ、和臣は慎重に告げてきた。

初めて和臣に抱かれた夜から、初輝は二回に一回は誘いを断り、会社外で会う機会を意図的に減らしていた。和臣のいない生活に少しずつ自分を慣らしておきたかったのだ。

初輝は右手で左腕をさすると、視線を落として口を開く。

「悪いんだけど、今夜は先約があるんだ」

「それって、俺たちの今後の話をするより大切なことですか？」

拒まれることを予想していたのだろう。和臣の反応は早かった。初輝はなにも言えず唇を引き結ぶ。

（今後の話ってなんだよ。仮パートナーじゃなくなっても、なにかあったら気軽に相談してくださいねとか、そういう話をしたいのか？）

正直に言って、和臣との繋がりがまったくなくなることより、中途半端に関わり続けるほうがつらい。いずれ彼の隣に別のＳｕｂが並ぶ様を目にすることになるのだから。

「先約は先約だよ。非常事態でもないのに、当日になって突然キャンセルなんてできない」

心がささくれ立っている分、言葉にも自然と棘が出た。こんな風に誰かに苛立ちをぶつけた経験はほとんどなかった。和臣だけがいつも初輝の心を掻き乱す。

「さっきチェックしてた店で食事ですか？　その予定が終わったあとでもいいです。何時になってもいいから、初輝さんときちんと話がしたい」

初輝の突き放すような対応にもめげず、和臣はなおも食い下がった。それでも初輝はとても了承する気になれない。

明確な言葉で終わりを突きつけられるのが怖かった。夢みたいな期間だったと思いながら、ごく自然な流れで和臣がいない頃の生活に戻っていきたかった。

「無理だって言ってるだろ！」

会社だということも忘れて声を荒げてしまい、初輝ははっとして口を噤んだ。激しい拒絶に愕然とする和臣に対し、初輝は湧き上がる憤りを必死に腹の底に押し込め、絞り出すように告げる。

「とにかく今日は会えない。この話はもう終わり。……みんながみんな、和臣くんみたいに強いと思わないでくれよ」

　最後の言葉は完全に八つ当たりだ。最悪だ、と自分を責めながら、和臣の顔を見ることなく初輝は踵《きびす》を返した。


　終業時刻の十五分前に和臣からの挨拶が行われ、ＥＣ事業部で学んだことを経営に活《い》かしたいという旨と、世話になったことへの礼が述べられた。「俺の末永い雇用をよろしくお願いしますよ！」と沢田が軽口を叩き、新野が青と紫をベースにして作られた花束を渡す。

　和やかな空気の中、和臣に拍手が送られ、こうして次期社長のための半年間の研修は幕を閉じた。

　定時で退社した初輝は、その足で相馬と待ち合わせをしているレストランに向かった。繁華街の外れにある小さな店で、平日の夜ではあるが会社帰りと思われる客で店内は賑わっていた。

　席に着いて待つうちに相馬がやってきて、軽い挨拶をかわしたのちに二人でメニュー表を眺める。前回と違い相馬はビールを注文したので、初輝も一杯だけ飲むことにした。

「前回は顔合わせ会だったけど、今回はなんの名目になるんだろうね」

　相馬はおしぼりで手を拭きながら首を傾げた。料理より先に飲み物が運ばれてきて、初輝と相馬の前にそれぞれグラスが置かれる。

「うーん……失恋ご愁傷さま会ですかね」

黄金色のビールが泡立つグラスを手に、初輝は力なく笑った。

「傷心につけ込んでます会にしよう」

相馬は片方の口角だけをわずかに上げたのちグラスを掲げる。冗談めかしてくれる相馬の気遣いにいくらか肩の力が抜けて、初輝もグラスを合わせ乾杯した。

つらいときこそ肉を食べるべき、という相馬の持論に従い、初輝はビーフシチューの中央に座る塊肉をスプーンでつついた。相馬は自分から和臣のことを根掘り葉掘り尋ねる真似はしなかったが、初輝は聞いてほしかったので酒の力を借りてあれこれ打ち明けた。

「自分とは住む世界が違う人だなって、分かってはいたんです。ただの気まぐれで俺の相手をしてくれただけで」

「城下町にある露店の看板娘が、お忍びで街に出かけた王子様と偶然出会ってしまったみたいな？」

「でも残念ながらお伽話《とぎばなし》とは違って、期間限定の魔法はやっぱり期間内で終了しちゃうんですよ。魔法を使うことで変化してしまった気持ちは置いてきぼりにしたまま」

あるいは、和臣自身が魔法使いだったのかもしれない。人混みに埋没しそうなごく平凡な村人に魔法をかけ、不安な要素を一つ一つ取り除いて自信を持たせ、顔も知らぬ王子様のもとへ送り出すつもりだった。村人が魔法使いに恋をする展開など予想もせずに。

失恋に染みたのか、空きっ腹の状態でグラスをあおったのが良くなかったのか、いつもより早く酒が回っている気がした。

「ああー……もう、こんなに別れがつらいなら、最初からマッチングアプリで相手を探すべきだったなあ……」

素面《しらふ》のときより間延びした調子で初輝はこぼした。肩を落として黙々と肉を口に運ぶ初輝を、相馬が無言で見つめる。

「あのね、今日は本当に、こういうことを言い出すつもりで初輝くんを誘ったわけじゃなかった……って、先に言い訳させてほしいんだけど」

組んだ腕をテーブルに置き、相馬は身をのり出して告げた。

「もし良かったらこのあと、試しに僕とプレイをしてみない？　仮パートナーくんとの別れが近づくにつれて情緒不安定になったのって、もしかしてＳｕｂの欲求不満による症状じゃないかなって思って」

そうなのだろうか、と初輝は動きの鈍った頭で考える。確かに最近は和臣とのプレイを減らしていたし、抑制剤も服用していなかった。Ｓｕｂとしての欲求が満たされれば、暗い沼の底へ落とされたような不安と悲しみも、少しは癒されるのだろうか。

プレイという単語で真っ先に思い浮かぶのは、初輝の頭を優しく撫で、抱きしめてくれる和臣の姿だ。和臣以外のコマンドを自分が受けつけられるのか、はっきり言って自信がない。

けれどいつまでも終わった恋を引きずって、立ち止まり続けるわけにはいかないことも分かっていた。心で誰を想っていようと、Ｓｕｂとしての欲求を満たせない限り、体調は確実に悪化の一途をたどる。

「分かりました。不慣れなＳｕｂですけど、どうぞよろしくお願いします」

初輝は皿にスプーンを置くと、相馬に向かって頭を下げた。

夕食を終えた初輝は、相馬に従って駅に向かい、電車にのって移動した。連れていかれたのはとあるホテル街だった。

ピンクや紫のいかがわしいネオンが光る街で、親しげに身を寄せ合った男女が建ち並ぶホテルに吸い込まれていく。道幅が狭いせいかすべての建物がぎゅっとつめ込まれた印象で、通行人との距離は自然と近くなる。

相馬の印象とはあまりにかけ離れた場所で、初輝は呆然と立ち竦んだ。酔いなんてものはとっくに吹き飛んでいた。

（ホテル……いや、そりゃそうか。和臣くんとの最初のプレイをした場所だってホテルだったもんな）

人目がある場所でコマンドを出すわけにはいかないので当然だが、少なくとも和臣と利用したのは、駅の近くに建つビジネスホテルだった。しかし今目の前に軒《のき》を連ねるのはいかにもセックスを目的にした建物といった印象で、相馬が性行為を含まないプレイを望むと分かっていても怯んでしまう。

多分、前回は初心者である初輝のために和臣が配慮してくれただけで、マッチングアプリで出会ったＤｏｍとＳｕｂはこういう場所を利用するのがスタンダードなのだろう。

「初輝くん、大丈夫？」

青い顔で立ち尽くす初輝に、相馬が気遣わしげに尋ねた。その声に正気に戻り初輝は慌てて笑みを作る。

「す、すみません。こういうところ久しぶりに来たので、少しびっくりしてしまって」

初めて和臣とプレイをした際、Ｄｏｍを必要以上に警戒することで、結果的に和臣に失礼な言動をしてしまった。初輝のためを思ってプレイの提案をしてくれた相馬に、同じ失敗を繰り返したくない。

「じゃあどこか適当に入ろうか。簡単なコマンドしか出さないから安心してね？　ほら、僕はおとなしすぎるプレイでパートナーに逃げられるくらいだし」

比較的シンプルな外観のホテルを指差し、相馬が歩を進める。しかし初輝は地面に足が貼りついたかのように一歩も動くことができなかった。

相馬についていかないと、と頭では分かっている。それでも心と体が追いつかない。

「あれ、初輝くん……？」

初輝との距離が三メートルほど離れたところで、相馬は初輝がついてきていないことに気づいたらしい。慌てて初輝のもとへ戻ってくる。顔をこわばらせたまま凍りつく初輝に、相馬は当惑した様子で口を噤んだのち、微かな苦笑を見せた。

「……、やっぱりまだ、僕とのプレイは難しそうかな？」

相馬が労るようにそっとこちらに手を伸ばす。きっと初輝の気分を落ち着けようとしてくれたのだろう。けれど右手に相馬の指が触れた瞬間、初輝は反射的にその手を振り払っていた。

眼鏡の奥で相馬が驚愕に目を見開く。初輝も自分がなにをしたのかすぐには理解できなかった。

ただ、渡しちゃ駄目だと思ったのだ。初輝の手は和臣のためにある。和臣へ身をゆだねるための部位を、他のＤｏｍに触らせるなんて。

「……あ、…………」

そうだ、この人はＤｏｍだ。

その事実を理解した途端、様々な種類の罪悪感が初輝の内側で一気に噴出した。

和臣以外のＤｏｍとホテルに入ろうとするなんて、自分はなんて忠誠心の低いＳｕｂだろう。気遣ってくれたＤｏｍにこんな失礼な行動を取るなんて、自分はなんて躾のなっていないＳｕｂだろう。

和臣以外のＤｏｍに身を任せようとした事実と、相馬という他のＤｏｍに無礼を働いた事実が、ぐちゃぐちゃに混じり合って初輝の心を暗闇へ引きずり込もうとする。

俺は、なんて駄目なＳｕｂなんだ。

ガクリと膝が折れ、初輝はその場にしゃがみ込んだ。視界がぐらぐらと揺れ、貧血を起こしたように寒気が起こる。気持ちが悪い。吐きそうだ。

「初輝くん!?　まずい、Ｓｕｂ　Ｄｒｏｐに陥りかけてる」

初輝の異変を察した相馬が、動揺を露わに目の前に腰を落とした。初輝の前に手を差し出し、「おいで」と声をかけてくる。その響きにゾッとした。違う、大丈夫だ、コマンドじゃない。

相馬がアフターケアをしようとしているのは、頭の片隅でなんとなく理解できていた。けれど身をゆだねることができない。このＤｏｍに従えば安心だ、という絶対的な信頼がないからだ。和臣のことを早く忘れたいという焦りのあまり、他のＤｏｍとのプレイを急いで失敗してしまった。

初輝のＳｕｂとしての本能は、まだ一人のＤｏｍにしか心を許せずにいる。

「和臣く……っ……」

愛しいＤｏｍの名を呼んだら、ぽろっと涙がこぼれ落ちた。ダムが決壊したかのように、留《とど》まるべき場所を失った感情は乱れに乱れ、初輝は自分でも訳が分からないまま大粒の涙を流す。

「ごめんなさい……ごめん、なさいっ、和臣くん……っ」

好きだ。好きだ。和臣じゃなきゃ駄目だ。

今日で終わりだ、離れないといけないと分かっていても、心と体がこんなにも和臣を求めている。

他のＤｏｍとプレイなんてできない。抱かれることなんてもっとできない。初めての相手は和臣がいいと言ったけど、本当は始めも終わりもなく、和臣だけが良かった。

和臣以外となんてプレイもセックスもしたくない。

初輝は祈りを捧げるように顔の前で手を組み、全身を細かく震わせながらうつむいた。視界の端が暗くなったと思ったら、どんどん中央に浸食して見える景色が狭まっていく。悲しい、苦しいと叫んでいた心が鈍くなり、徐々になにも感じなくなっていく。

「――――！　――――！」

目の前で相馬が必死に声をかけてくるが、その言葉の意味を脳が認識できなかった。あ、もうこれ、

Ｓｕｂ　Ｄｒｏｐに陥るな、と初輝は思った。それでもいい、和臣以外に跪くくらいなら。

「お待たせしました、初輝さん」

聞き慣れた低い声が耳に届いたのは、その直後だった。

左隣に誰かが屈み込んだと思ったら、右肩を抱かれて彼のもとへ引き寄せられる。相馬に触れられたときのようなショックはなかった。その優しい体温を、初輝はよく知っていたから。

「和臣くん……？」

頬を熱い雫で濡らしながら恐る恐る顔を上げれば、和臣が目許をゆるめて温かな眼差しを寄越した。幻だろうか、と初輝は本気で自分の目を疑った。Ｓｕｂ　Ｄｒｏｐに陥ったことで、妄想と現実の区別がつかなくなってしまったのか。

けれど和臣の幻は、初輝の頬に手を伸ばし指の背でそっと涙を拭ってくれる。

「怖かったですね。でももう大丈夫ですよ」

心地の好い低音が初輝を丸ごと包み込む。妄想でもなんでもない。本物の和臣だと思ったら、今度は恐怖ではなく安堵で涙が溢れた。和臣の胸に縋って泣きじゃくる初輝を、和臣が体全体に腕を回して抱き留める。

「初輝さんは俺が守りますから」

初輝の頭に顔を寄せた和臣は、耳許でそっと囁いた。その意味を理解するより早く、手のひらで目を覆われる。初輝の頭ごと腕に抱え込んで和臣はわずかに身じろいだ。

「俺のＳｕｂに手を出してんじゃねえよ」

地を抉るような声が肌を刺し、初輝はビクリと肩を跳ねさせた。間違いなく和臣の声なのに、身が竦むような怒気を孕んでいるせいでひどく混乱する。初輝に聞かせる声はいつも、恥ずかしくなるような甘さを含んでいたから。

和臣の怒りを感じても初輝が緊張状態にならなかったのは、それが自分を守るために放たれたものだと分かっていたからだ。初輝の目を覆ったのは、和臣のグレアを浴びて怯えないようにするためだろう。

腕をゆるめた和臣は、右腕で初輝の背中を支え、左腕を膝の下に差し入れた。いわゆるお姫様抱っこの状態で初輝を抱え上げる。

慌てて和臣の肩につかまった初輝は、そのときになってようやく周囲の状況を悟った。

和臣のグレアを直《じか》に浴びたらしい相馬は、尻餅をつく形で呆然と初輝たちを見上げていた。初輝がパニック状態に陥ったことで通行人もこちらに注目していたようだが、彼らもみな立ち止まったまま身動きが取れなくなっている。まるで初輝と和臣以外の時間が止まってしまったかのような異様さだ。

（これってもしかして、和臣くんがディフェンス状態になってたってこと……？）

ディフェンスとはＤｏｍが陥る興奮状態のことだ。自分のＳｕｂに危害を加えられたと認識した際に発現し、Ｓｕｂを守るべく周囲に暴力的な行動を取るようになる。相馬も通行人も、怒りに身を任せた和臣のグレアのせいで、一時的に足が竦んでしまったらしい。

（あれ……？　危害を加えられた、って……）

なんだか重大な思い違いが起きている気がする。そう思いながらも、Ｓｕｂ　Ｄｒｏｐから抜けきれていない体はただただ重く、初輝は和臣に身を預けたまま思考を放棄した。

　和臣が向かったのは徒歩で五分ほどの距離にある小さな公園だった。ベンチに座らされた初輝は、そういえば以前Ｓｕｂ　Ｄｒｏｐに陥りかけた際も、公園まで運ばれて休ませてもらったのだと思い出す。

　ブランコや滑り台といった遊具が数台設置された公園は、初輝たちの他に人影がなかった。隣に腰を下ろした和臣は、初輝が座るのとは反対側になにかを置く。そう言えば腕に紙袋を提《さ》げていたな、と気がついたのは、和臣に運ばれる中で随分と呼吸が落ち着いたからだ。

「具合はどうですか？」

　隣から伸びてきた腕が初輝の肩にのった。その手に素直に従い、初輝は和臣の胸に身をもたせかける。

「平気……。和臣くんが来てくれたから」

　以前のＳｕｂ　Ｄｒｏｐより症状が重かったのに、回復自体は今回のほうが早かった。初輝の中でそれだけ和臣の存在が大きくなっていたということだろう。信頼するＤｏｍに抱きしめられ、守ってもらえていると実感する。それこそがＳｕｂの乱れた心をなによりも軽くしてくれる。

　初輝の髪に手を差し入れた和臣は、くしゃりと撫でたのちに慎重に口を開いた。

「あの男になにか怖いことされてませんか……？　ずっと見てはいたんですけど、もしかして俺が目を離した隙に変なことをされたんじゃないかって心配で」

　うっとりと身を任せていた初輝は、告げられた言葉を理解するのに数秒かかった。ん？　と目だけを動かして斜め上を見たのち、初輝は真顔になって身を起こす。

　困惑したまま和臣と顔を合わせれば、和臣も不思議そうに視線を返した。

「怖いことって？」

「コマンドを使って強引にホテルの前まで連れていかれたとか、プレイを強要されたとか、そういう……」

「え？　相馬さんに、俺が？　ないよ、全然ない」

「え？」

「ご飯を食べて、俺の失恋話を聞いてもらって、最近情緒不安定だって話したら、『欲求不満の諸症状かもしれないから試しにプレイをしてみる？』って言われて。でも結局俺が他の人とプレイするのが無理で、Ｓｕｂ　Ｄｒｏｐに陥りかけたのを相馬さんが助けてくれようとして」

「え？」

「え？」

　互いの話に混乱し、二人で渋面《じゅうめん》を作り首を傾げ合った。状況が理解できず、顔を見合わせたまましばらく無言になる。青ざめた顔で口火を切ったのは和臣のほうだった。

「もしかして……俺、ただただ初輝さんに親切にしてくれたＤｏｍに対して、グレアを放ってキレたとか、そういう……？」

「そう、なる、ね……」

わなわなと震える和臣を哀れに思いつつ、初輝は正直に頷いた。和臣は自分の言動を振り返って激しく後悔しているらしく、両手で頭を抱え「あああ……」と言葉にならない音を発しうなだれる。要因を作った初輝はなにも言えず、心の中で相馬に土下座するほかない。

和臣の発言を思い返しているともう一点気になるポイントがあり、初輝は落ち込むばかりの隣の男におずおずと声をかける。

「ねえ、和臣くん。ずっと見てた、ってどういうこと？　そもそもなんであの場所にいたんだっけ？」

移動した先のホテル街は、和臣の生活圏とは明らかに異なっていた。偶然遭遇したとはとても思えない。自分を発見するに至った経緯が分からず混乱する初輝に、和臣は重たい体を持ち上げるようにしてのっそりと身を起こした。

「そのままの意味ですよ。初輝さんが頑《かたく》なに先約とやらを優先しようとするから、もしかしてその相手ともうパートナーなり恋人なりになってるんじゃないかと不安で。初輝さんがチェックしてたレストランの名前を検索して、初輝さんが店に入ってから出てくるまで、ずっと近くのパーキングに車を停《と》めて見てました」

「えっ、会社を出てからご飯も食べずにずっと!?」

「そうです。……腹減った」

不機嫌そうに眉間に皺を寄せる様は、苛立っているというより必死に羞恥を堪えているのだろう。

ちなみに初輝がレストランを退店してからは、徒歩で尾行し同じ電車にのってホテル街までついてきたそうだ。

ホテルに入る前になんとか引き留めようと考えていたが、それより先に初輝が男の手を振り払い、Ｓｕｂ　Ｄｒｏｐに陥る様を目にしたものだから、Ｄｏｍらしき男にひどいことをされたのだと思いカッとなって飛び出してきたという。

思いがけない和臣の執念に初輝は唖然とした。会社にいるときはクールで淡々とした部下、初輝と一緒にいるときは優しく甘えさせてくれるＤｏｍといった印象で、なにかに執着して必死で追いかけるイメージがなかった。

（しかもその執着の対象が俺？）

まったく実感が湧かないし、意味が分からない。

混乱を隠せない初輝に対し、和臣は膝に肘をのせて頬杖をつき、じろりとこちらを見た。意地悪な眼差しにも受け取れるが、端正な顔が気まずげに赤らんでいることを察し、初輝は状況が理解できないままきゅんとしてしまう。

「なんで俺がそんなことしたんだかちっとも分からない、みたいな顔しやがって」

「えええ……？　してるけど」

「そういう鈍いとこに俺がどれだけ振り回されてるか全然分かってないでしょう。せっかくいい雰囲気になってきたと思ってたのに、急に仮パートナー期間の延長をしたいとか言い出すし」

「それは……だって」

「なんでいまだに他のＤｏｍとプレイする前提なんだよ、いつまで俺は練習台に甘んじてりゃいいんだよ、って腹が立ったしショックだったんですよ、こっちは。もちろん全然気づいてなかったんでしょうけど」

「……え」

「俺とのセックスでとろとろになってるくせに、『初めて抱かれる相手は和臣くんがいい』ってなんだよ。二人目も三人目も登場させる気なんてねえよ。俺以外に指一本触らせんな」

「…………」

苛立たしげに感情をぶつけられているのに、頬が熱い。なんだかとんでもないことを言われている気がする。

けれどこの期《ご》に及んで己の勘違いを疑ってしまうのは、和臣が当たり前のように自分を選ぶ未来など想像もしていなかったからだ。

「だ……って、お見合いは？」

「お見合い？　なんですかそれ」

「丸武デパートの社長令嬢に指名されて、打ち合わせに同行してるって噂になってた」

「ああ、行きましたけど。でも社長のお嬢さん、まだ小学一年生ですよ？」

「え!?」

「ネットでちょっと話題になったモデルが、父親が次に会食する会社の息子だって知って、本人に会いたいって駄々捏ねたんですって。クラスメートに自慢したかったんでしょうね」

十九歳差の見合いって何時代ですか、と和臣は呆れ顔で言った。今度こそ初輝は羞恥でなにも返せなくなる。社長令嬢との会食、という部分に尾ひれがついたデマだったらしい。

赤面してうつむく初輝に、隣からふっと笑い声が漏れ聞こえた。太股にのせていた手を取られ、互いの手のひらを合わせる形でゆったりと指を絡められる。

初輝がちらりと目をやれば、和臣はいまだ低い位置からこちらを観察し、楽しげに口角を上げていた。

「失恋話を聞いてもらったって言ってたけど、初輝さん、誰かに恋をしてたんですか？」

すべてお見通しの顔で和臣がニヤニヤと頬をゆるめるから、初輝はもう恥ずかしいやら悔しいやらだ。初輝に振り回されたと和臣は文句を垂れたが、初輝だって十分にこの恋に振り回されている。

「……俺の仮パートナーに」

逃げ出したい気持ちを堪えて必死に告げれば、和臣は上機嫌に目を細めた。

「へえ。その仮パートナーへの恋はもう終わっちゃったんですか？」

繋いだ手をより深く絡め直して、和臣は質問を重ねる。返答に確信を持った顔で改めて尋ねてくるなんて、この年下の男は本当にずるい。

けれど初輝だって、和臣の気持ちをなんとなく察しながらも額に汗を掻くくらい緊張しているので、和臣も心の奥底では多少なりとも祈るような気持ちを抱えているのだろう。だから今度こそ、ちゃんと伝えたい。

「ううん。終わってない。まだ恋をしてる」

初輝からもぎゅっと手を握り返し、目をそらさずに告げた。

「和臣くんが好きだ」

生まれて初めての告白は、たんぽぽの綿毛に包まれたかのようなくすぐったさがあった。胸がドキドキと高鳴って苦しいくらいだ。和臣も照れた様子ではにかみ、上体を起こして真横から初輝を見る。

「俺も初輝さんに恋をしてるから、キスしてもいいですか？」

尋ねておきながら、和臣は急いた様子で身を寄せてきた。互いの肩がぶつかって、湧き上がる喜びとむずがゆさで笑ってしまう。空いている手で和臣のカットソーを摘み、軽く引いてねだる。

「うん。して」

甘えるような声音になってしまうのはもう仕方がないと思う。和臣が嬉しそうに微笑んで顔を寄せてくるので、初輝もまぶたを伏せて受け入れた。視界が閉ざされると同時に唇にやわらかな感触が重なった。

自分の人生は、大きな変化はなくても平穏で、波のない日々が続いていくのだと思っていた。だから第二の性が変異したと知ったときは、行き先が決まっていた船の舵《かじ》を別方向へ切られたようで、大きな衝撃を受けた。

けれど今となっては、自分の気まぐれな体にも感謝している。だってＳｕｂに変異しなければ、和臣の面倒見の良さや勤勉さを知ることも、蕩けるようなコマンドに溺れることもなかった。

（好きな人に、同じだけ想ってもらえてるって分かったうえでするキスがこんなに幸せだってことも、多分知らないままだっただろうな）

触れ合わせるだけのキスが終わると、初輝はすぐそばにある肩にもたれかかった。なんだかのぼせてしまったかのように頭がふわふわする。

「きっかり三ヵ月で仮パートナーを終わらせるって言われたとき、正直ショックだった。俺が一人で舞い上がってただけで、Ｓｕｂとしても恋愛的な意味でも、特別に想われてたわけじゃないんだと思ってさ」

きっと過去の交際相手も初輝に対して同じ寂しさを感じていたのだろうと、今ならば理解できる。彼女たちには申し訳ないことをしてしまった。初輝はずっと、本当の意味での恋を知らずに生きてきたのだろう。

「あんたは俺にとって、最初からずっと特別でしたよ。俺がどんなにアピールしても、初輝さん全然気づかないから苦労しましたけど」

アピールされていたのか、と初輝は内心驚きつつ和臣と過ごした時間を振り返った。確かに和臣は細やかに気を配ってくれていたけど、それは自分が要領の悪い上司であり、なおかつ初心者Ｓｕｂだからなのだと思っていた。

「ぐいぐい押せば初輝さんは同性だろうとなんだかんだで流されて、恋人になってくれそうだとは思いましたけど。でもそれじゃ意味がないんで。ちゃんと俺のことを好きになって、俺じゃなきゃ駄目だって思ってもらって、そのうえであんたの恋人兼プレイパートナーになりたいなって思ったんです」

和臣の発言に、初輝は自分のことながら深く納得してしまった。きっと勢いに押されて恋人になっていたら、今までの交際相手と同様に和臣を不安にさせ、早々に終わりを迎えてしまっただろう。

和臣の作戦勝ちといったらそれまでだが、初輝の心が動くまで和臣が粘り強く待っていてくれたことを嬉しく思う。

「まあ、でも今日はもう全部伝えてしまおうって決めてたんですけどね。初輝さん、どう見ても俺のこと好きになってるくせに、いつまでも他のＤｏｍとパートナーになることを前提にしてるから」

そう言うと、和臣は傍らに置いていた紙袋を手に取った。白地にエンボス加工で店名のロゴを押した紙袋は品が良く、どこかの高級ブランドであることがうかがえる。

和臣はそこから、十五センチ四方の黒い紙箱を取り出した。

ベンチから腰を上げた和臣は、初輝の正面に回り込むと地面に片膝をついた。まだ自分がＳｕｂに変異している事実を知る前に、初輝を宥めるためにしてくれたのと同じポーズ。けれど今日はその手の中に、小さな箱が収まっている。

蓋に手をかけた和臣は、慎重な動作でそれを外した。中から現れたのは、艶のある美しいレザーの、赤いカラーだった。

「初輝さんの、損得なんか考えないで他人を優先してしまうお人好しなところが、俺は好きです」

秋の夜の心地好い風が、初輝の火照った頬をくすぐる。和臣の深い声は澄んだ空気によく響いて、けれどほんの少し震えていた。

「初輝さんが安心できる場所に俺がなるから、だから……俺のパートナーになってください」

まるでプロポーズのような口説き文句に、初輝はくしゃりと顔を崩して笑った。クラッカーが弾けるように胸の中で歓喜が湧いて、悲しくないのに涙が出る。

和臣の命令だけを聞きたい。和臣にだけ跪きたい。その願いは、箱の中で艶を放つカラーによって現実となるのだ。

「ふつつかなＳｕｂですが、どうぞよろしくお願いします！」

仮パートナーの提案をされたときと同じ答えを初輝は返した。けれど三ヵ月前と今とでは、なにもかもが違う。和臣に向ける感情も、和臣の言動によって深い充足感を得ていることも。

尻尾を振って主人を出迎える飼い犬みたいに、初輝は目の前のパートナーに勢い良く抱きついた。

和臣も初輝の背中を抱き返し、

「なんだかプロポーズの返事みたいですね」

と幸せそうに笑った。

相馬と再び会ったのはその週の土曜日だった。初輝も和臣もジャケットにカットソーを合わせた小綺麗な服装を選び、繁華街の中にあるカフェで相馬と待ち合わせる。テーブル席の反対側に着いた相馬に、初輝と和臣は揃って頭を下げた。

「先日は俺の勘違いのせいで多大なるご迷惑をおかけし、大変申し訳ございませんでした」

固い表情で謝る和臣に対し、相馬は慌てて顔の前で両手を振った。

「そんな改まって謝ってくれなくても大丈夫だよ！　それより良かったね、初輝くん。好きな子と無事正式なパートナーになれて」

初輝のほうへ顔を向け悪戯っぽく笑う相馬に、初輝も思わず表情をゆるめた。初輝と和臣のすれ違いに巻き込まれたのだから、もっと怒ってくれてもいいのだが、やはり懐《ふところ》の深い人だと思う。

「相馬さんに話を聞いてもらえて嬉しかったです。自分一人で溜め込んだままだともっとこじれていたかもしれないし、和臣くん以外のＤｏｍと話したことがなかったから、なんだか世界が広がった気分でした」

和臣への恋に悩み悶々《もんもん》とした日々を送っていた初輝には、つかず離れずの距離感で話を聞いてくれる相馬の存在がありがたかった。いつか相馬にも、彼の嗜好に合ったプレイ相手が、ひいては互いの存在が癒しになるようなパートナーが見つかればいいなと思う。

「初輝くんは本当にピュアな良い子だよねえ」

嘘偽りのない初輝の言葉に、相馬は腕組みをしてしみじみ頷いた。けれどすぐに目を細めて右の口角だけを上げ、人の悪い笑みを浮かべる。

「でも、そういう純粋さがあるから、傷心中や酒に酔ったところを悪いＤｏｍに狙われるんだと思うよ？」

どこか挑発的な響きで告げる相馬に、和臣が眉間に皺を寄せ強い眼差しを返した。突如生まれた不穏な空気に初輝はおろおろと目を泳がせるが、テーブルの下で和臣に手を握られ動きを止める。

「もう他のＤｏｍになんて絶対に近寄らせないので大丈夫です」

和臣に力強く宣言され、初輝は気恥ずかしさから視線を落とした。謝罪をしにきたはずなのに、結局惚気《のろけ》ている気がする。

悪い大人を装っていた相馬も、我慢できないといった様子で相好《そうごう》を崩した。組んだ腕をそのままテーブルにのせ、歯を覗かせて屈託なく笑う。

「ま、それだけしっかりマーキングされてたら、確かに他のＤｏｍがちょっかいを出してくることはないだろうね」

相馬の視線の先にあるものを、初輝は鏡の前に立たない限り確認できない。けれど首に巻かれた重みによって、いつだって和臣に庇護されていることを実感できる。初輝の細い首に映《は》える、内側に初輝と和臣のイニシャルが彫られたカラーだ。

隣に座る和臣に目配せをすると、和臣もそれに気づき口許を和らげた。相馬も微笑ましいものを見たとばかりに目尻を下げ、穏やかな空気が流れる。

「ところで二人は僕に謝るために、わざわざ綺麗めな服装で来てくれたのかな？」

過去二回会ったときより、初輝がオフィスカジュアルに近い服装をしていると気づいたらしい。相馬が指摘した理由もないわけではないが、初輝の口からは言いづらく「ええっと……」と言葉を濁す。

「今日はこれから、あまりラフな服装では行きにくい場所でデートなんです」

初輝の躊躇などお構いなしに、和臣は堂々と理由を打ち明けた。正直すぎる返答に相馬は大笑いする。

「なんだかもう、僕は最初から最後まで当て馬ポジションだったなあ」

決してデートのついでに謝罪に来たわけではないのだが、そう思われても仕方ないだろう。勘弁してくれ、とうなだれる初輝の隣で、和臣はしれっと手を繋ぎ続けていた。

相馬と別れたあと、初輝たちは予約していた老舗シティホテルへと向かった。

ヨーロピアンクラシックを基調にしたそのホテルは、優美な曲線を描いたロココ調の装飾が随所に盛り込まれている。きらびやかなシャンデリアや、ジャガード織りのカーテンが垂れる縦長窓等、宮殿に迷い込んだかのような豪奢な内装だ。

おまけにチェックインの際にフロントマンが誰かを呼び出したと思ったら、支配人がわざわざ挨拶に来たもので、和臣の家柄に随分慣れていたはずの初輝もさすがに震え上がった。

最上階にあるスイートルームに案内された初輝は、早速服の裾から手を差し入れてきた和臣をなんとか宥め、広いバスルームなのだから一緒に入浴しようと提案した。

白い大理石の床を歩き、湯を張った埋め込み型の円形バスタブに和臣とともに身を沈めた。浴室内にフラワーバス用の花びらが用意されていたので、せっかくなのでそれも湯船に浮かべる。

男二人でも十分くつろげる広さだというのに、和臣は後ろから初輝を抱きしめる形で膝にのせた。

「正式なパートナーになったその日のうちに『今週末はホテルに泊まりませんか？』って言い出すからびっくりしちゃったよ。ここ、いつから予約してたの？」

乳白色の湯に赤やピンクの花びらが揺れるのを、初輝は両手で掬いながら背後の男に尋ねた。初輝を腕の中に閉じ込めたまま、和臣は肩に顎をのせてくる。

「三ヵ月前です。初輝さんの仮パートナーになることが決まってすぐに。そのときは予約が埋まっていてキャンセル待ちだったんですけど、無事部屋を取れて良かった」

「俺がＳｕｂになった直後ってこと？　和臣くん、いつから俺のこと好きになってくれてたの？」

予想外の返答に思わず声がした方向に顔を向ければ、すかさず和臣がちゅっと音を立てて口付けてきた。沢田や平塚が、和臣のことを「倉成主任を可愛がってる」と話していたが、まさかこんな分かりやすい可愛がり方をしているとは誰も思うまい。

「明確にいつからとは言えないですけど、物流倉庫での短期バイトをきっかけに気になり始めたのは確かですよ。俺が各部署での研修をしたいと申し出たのは、初輝さんとの関わりを作るためですし」

「えっ、そうなの!?」

初めて知る真実に初輝が目を瞠る中、和臣は上体を起こすと手のひらで湯を集め初輝の平らな胸にちゃぷりとかけた。肌の上を乳白色の湯が伝い、鎖骨の下や乳首の横に花びらが貼りつく。

「大学を卒業する前から経営推進部の楠原部長のもとで勉強させてもらっていて、俺が入社するタイミングで初輝さんがＥＣ事業部に異動になるらしいって情報をつかんでたので、ＥＣ事業部で研修をしてもらえたら話す機会があるんじゃないかなと思ったんです」

「こ、公私混同……」

「実際、どの部署でも色々学ばせてもらえてかなり実《み》になりましたけどね。売り場のことも仕入れや製造のことも、研修用の映像を見るだけで終わるのと自分で体験するのでは全然違いますから」

初輝の体にくっついたピンク色の花びらを摘み、和臣はまじまじと見つめた。それから初輝の首筋に顔を埋《うず》め、「薔薇の匂いがしますね」とつぶやく。

「ＥＣ事業部での研修が始まるまで、俺、丸三年かけていろんな部署を回ったんですよ。たった三ヵ月一緒に働いただけの人ともう一度会いたいってだけで、どうしてこんな必死になってんだろ、って自分でも馬鹿らしく思いましたけど。……でも初輝さんに会ったら迷いなんて全部吹っ飛んだ」

半透明な湯の中で、和臣の手のひらが初輝の肌をなぞった。脇腹を撫で、二の腕をたどり、胸の上を行き来する。小さな突起を指の腹が掠め、初輝は思わず息をつめた。

「あんたが全然変わってなくて、相変わらずお人好しで、俺の立場を知っても三年前と同じように接してくれたから」

初輝のうなじに唇を寄せながら、今度は偶然でなく意図的に、和臣は人差し指と親指で乳首を捏ね回した。爪で掻かれ、きゅっと摘まれて、初輝は背中を丸めて身を捩る。

「んっ……、仮パートナーになろうって、提案、したのも……社員の体調を気遣って、ってことじゃなく……っ？」

尋ねる間にも体を這う手はどんどん性的な気配を匂わせるようになって、初輝は声を掠れさせた。

「下心に決まってるじゃないですか。その頃にはとっくに初輝さんを好きになってたんですから」

和臣は元々特定のプレイ相手を作らず、マッチングアプリなりＤｏｍ／Ｓｕｂ専用のバーでその場限りの相手を探していたが、初輝と出会ってからは体調管理のための必要最低限のプレイしか行ってこなかったらしい。ＥＣ事業部での研修が始まってからは誰かとプレイする気持ちすら抱けなくなり、服薬によって欲求を抑え込んでいた、と打ち明けた。

己に対する好意に鈍感な初輝を日々横目で観察して、どうやったら口説き落とせるか……と頭を悩ませているときに、初輝の第二の性突然変異事件が起きた。このタイミングで動かないわけにはいかないだろう、と考え、あれこれ理由をつけて必死で初輝の仮パートナーの座をつかんだそうだ。

「俺、もし初輝さんの恋人になれたら、この先一生抑制剤を飲みながら誰ともプレイをせず生きていこうって決めてたんです。だからあんたからＳｕｂのフェロモンが香ったとき、初輝さんへの気持ちがこじれすぎて鼻が馬鹿になったのかと思った。……めちゃくちゃ嬉しかった」

　初輝の体の前に腕を回して顎に指を添え、顔の向きを固定してから和臣は唇を重ねてきた。舌が差し込まれると同時に、反対の手で内股をまさぐられる。

すでに半分ほど芯の通った性器を大きな手に握り込まれ、初輝は睫毛を震わせた。初輝の腰にも、興奮した欲望が先ほどから当てられている。

　和臣の舌はまるで自我を持った生き物のように蠢き、初輝の口腔を犯した。歯の尖っているところや、ざらついた上顎をなぞって、初輝の舌をいやらしく撫で回す。初輝も和臣の後頭部に手を置いて、必死になって彼を求めた。

「んっ、ふ……ぁ、ふっ……」

　唇の繋ぎ目から息をこぼす間にも、和臣の左手は湯の中で動き続けていた。袋を揉み、根元を扱いて、出っ張りに手のひらを押しつける。和臣が手淫を施すのに従ってちゃぷちゃぷと湯が跳ね、普段と違う場所で触れ合っているのだと実感した。

「ま、って……、風呂の中で出ちゃうから……」

　和臣の肩を押して制止すると、案外と素直に和臣は愛撫をやめた。互いの体の位置を入れ替え、初輝に正面を向けると、バスタブを埋め込んだ立ち上がり部分を指差す。

「じゃあ違うとこにしましょう。ここ座って」

言われたとおりに初輝は体を起こし、立ち上がり部分に腰を下ろした。湯の中に浸《つ》けていた脚を和臣が持ち上げ、膝を立ててバスタブの縁にかけさせる。

「もっと大きく開けます？　体の後ろに手をついて……、そう、上手」

脚をＭ字に開き、和臣の顔の前に後孔を晒す格好となる。初輝は全身を熱く火照らせた。

いつの間に準備していたのか、和臣はアメニティのオイルを手に垂らすと、それを初輝の蕾に塗り込んだ。和臣の長い指が、みるみるうちに初輝の中へ埋め込まれていく。

「んっ、あふっ……」

ぬちぬちと濡れた音を立てて出入りする指が、初輝の弱い場所を擦った。もうすっかり初輝の体を知り尽くした手は、雄を咥えて悦ぶ穴を好き勝手に弄っていく。

「ここ、いつもよりひくひくしてますね。お湯に浸かったせいかな」

自分の恥ずかしい場所を和臣に全部見られていると思ったら、余計に昂って中の指を締めつけてしまった。雄は腹につきそうなほど反り返り、先端から透明な蜜を垂らしている。

「はっ……、い、ＥＣ事業部だけで研修をしようとは、思わなかったの……っ？」

やわらかく解れた内壁が和臣の指をしゃぶるのを眺めながら、初輝は息を乱しつつ尋ねた。初輝が在籍する部署の順番が回ってくるのを三年もかけて待たずとも、ＥＣ事業部だけの研修をねじ込むことだってできたのではないか。

初輝の問いが先ほどの会話の続きだと悟ったらしい。和臣がちらりとこちらに目を向けた。

「それだと完全に、自分のためだけに動く身勝手な二世じゃないですか。ちゃんと仕事を覚えて、会社の役に立てるようになって、初輝さんにふさわしい男になってから会いにいきたかったんですよ」

思いがけない言葉に、初輝はしばし返事も忘れて和臣を見つめた。

四年も前から自分を気にしてくれていたと知り、素直に嬉しかった。会社のために動いている風を装いながら、すべて初輝への恋心が根底にあったと知り、呆れたけれどやっぱり嬉しかった。

でもこんな風に、初輝を想う気持ちで己を成長させてくれていたなんて、そんなひたむきさを自分に向けてくれていたなんて考えもしなかった。

（なんて健気な子なんだ……）

ぎゅうっと胸がつまって苦しくなる。ときめきすぎてつらいなんて感覚は初めてだ。

奥のほうで指を曲げられて、初輝はビクリと腰を跳ねさせた。こめかみに汗を伝わせながら、身を浸す多幸感に相好を崩す。

「和臣くんは、……っん、……俺のこと、過大評価しすぎだよ」

クスクスと笑い声をこぼす初輝に、和臣もまた小さく笑んでみせる。初輝の中に指を埋めたまま、和臣が身を起こし唇を寄せてきた。

「初輝さんが自分を過小評価しすぎなんですよ」

ちゅっと音を立てるキスは初輝を慈しむようで、ひどく淫猥な構図で向かい合っているはずなのに、どこか和やかな空気が漂う。気持ちいいな、幸せだな、と思うと余計な力が抜けて、再び中で動き始めた指が与えてくれる快感を初輝は素直に拾った。

「っあ、あァッ、……あンッ……！」

唇からこぼれる嬌声が浴室に響き渡る。濡れた裸体に貼りついた花びらや、入浴剤の溶けた湯で艶めく肌、赤らんだ四肢。いつもとは違う自分の姿がより一層初輝の劣情を煽った。そしてそれは和臣も同じようだった。

「ああ、くそ。これじゃ俺のほうが生殺しだな」

苦しげに顔を歪めた和臣は、初輝の内側から指を引き抜くと荒い手つきで後頭部を掻いた。ザブッと音を立てて立ち上がり、初輝の二の腕をつかんで腰を上げさせる。よろける初輝の肩を抱き、そのまま脱衣所へ連れていった。

「あのまま挿れるのかと思った」

バスタオルで初輝を包み、水気を拭き取る和臣に、初輝はされるがままの状態で言った。

「もったいないでしょ、せっかくホテルを取ったのに。初輝さんと正式なパートナーになれたら、この部屋のベッドであんたを抱こうって決めてたんですよ」

あらかた初輝を拭き終わると、和臣は足元に置いたバスケットの中から赤いカラーを取り出し、初輝の首に巻いた。ベルト穴にピンを通し、剣先を遊革に入れて固定する。和臣の所有物だという証を身に着ければ、初輝の頬は自然とゆるむ。

「和臣くん、結構ロマンチストだよね」

「からかわないでくださいよ」

挿入を我慢してまでベッドへ向かおうとする理由に、多少の気恥ずかしさはあるらしい。和臣は豪快な動作で自分の体を拭うと、初輝の手を取って大股で客室へ戻った。

寝室に加えリビングと応接間が備わったスイートルームは、白い壁にアラベスク柄のカーペットが映える重厚感のあるインテリアだ。奥に設置されたキングサイズのベッドは、シルクのシーツが品の良い艶を放っている。

和臣はベッドの足元に腰を落とし、正面に立った初輝と両手を繋いだ。初輝は腰を曲げて顔を寄せ、しっとりとしたキスをする。

「このままプレイをしてもいいですか？」

唇が離れたタイミングで和臣に問われ、初輝は「もちろん」と微笑む。

「Ｋｎｅｅｌ《おすわり》」

もうすっかり体に染み込んだコマンドに、初輝はいそいそと床に座り込んだ。自ら頭を差し出せば、すぐに和臣が優しく撫でてくれる。

「そうだ。今日は初輝さんにプレゼントを持ってきたんです」

思い出したように言うと、和臣はベッドの下に腕を伸ばした。いつの間に仕込んでいたのだろう、と初輝もそこへ視線を向けるが、

「初輝さん、Ｃｒａｗｌ《四つん這いになって》」

と命令されてしまい、プレゼントの正体を知ることなく和臣に背中を向ける結果となった。床に手と膝をつき、和臣に対して尻を向ける格好をする。

和臣の手のひらが尻たぶに触れ、親指が蕾に突き立てられる。オイルが滴るそこに浅く出入りさせると、和臣の手はすぐに離れていった。

やがて指とは違うなにか——少しひやりとした弾力のあるものが後孔に宛がわれ、初輝を拓いた。

「あっ、な、なにっ？」

慌てて振り返るも、手のひらに収まる程度のそれは、初輝自身の肩に隠れてしまい確認することができない。その間にもシリコンのような感触の異物は、初輝の中にずぷっと埋められていく。

「あっ、あっ……」

根元が細くなっているらしいそいつを、初輝の後孔はおいしそうに平らげてしまった。

「アナルプラグです。犬の尻尾がついていて可愛いんですよ」

満足げに初輝の後ろ姿を眺めながら、和臣は異物の正体を教えてくれた。膝立ちになって体を捻れば、確かに尻の辺りでなにかが揺れているのが分かる。手で持ち上げてみると、和臣の言うとおり、ゴールデンレトリバーの尻尾を模したムートン素材のチャームがぶら下がっていた。

「う、嘘でしょ！　ア、アナルプラグって……なんで!?」

「似合うと思って。初輝さん犬っぽいから」

初輝の混乱などどこ吹く風で、和臣は平然と「おいで」と手招きする。後孔に栓をされた状態で、初輝はぎこちなく体を反転させ、膝立ちのまま和臣に正面を向けた。

「あとこれも。カラーと同じ赤のレザーなので、きっとよく似合いますよ」

手にしていたのは革製のリードで、和臣はそれのナスカンを開き、初輝の首に巻かれたカラーのDカンに取りつけた。リードがたわんで宙に弧を描き、和臣は愛しげに目を細める。

赤面したまま焦っている初輝の頬に手をのせると、顔の横に唇を寄せた。

「これで本当に、俺の可愛い犬になった」

潜められた声は蠱惑的で、熱を含んだ吐息とともに初輝の耳朶をくすぐった。途端に、ゾクゾクとした感覚がうなじを駆けた。

臍の下がじわりと熱くなる。浴室での愛撫で勃起した雄に、再び激しく血が巡る。尻に埋められた異物が唐突に存在感を増した気がして、初輝は息を震わせた。

「あ……」

自分でもぎょっとするくらい色欲に濡れた声が漏れる。脚に力が入らず、初輝はへたりとその場に座り込んだ。アナルプラグがより奥を刺激して一人で勝手に感じてしまう。中がじんじんして切ない。でも、本当に挿れてほしいのはこれじゃない。

頬を上気させた初輝は、恍惚《こうこつ》の表情で和臣の太股にすり寄ると、中央でそそり立つ勇ましい雄に頬ずりした。

「和臣く……、コマンド、ちょうだい……」

命令してほしい。許可がほしい。自分を可愛がってくれるこの欲望を、初輝は早くしゃぶりたくてしょうがなかった。

俺はこの王に跪く犬だ。

「いいですよ。……Ｌｉｃｋ《舐めて》」

甘く蕩けるようなコマンドが、初輝の本能を激しく揺さぶった。固く勃起した性器を両手で握った初輝は、赤い舌を覗かせ、先端にねっとりと這わせた。

一緒に湯船に浸かったためか、和臣のものは入浴剤の香りがした。和臣も興奮してくれているらしく、先端には先走りが浮いている。初輝はそれを丁寧に舐めとると、丸い部分を唇で覆い、口腔に沈めた。できるだけたくさん口で愛撫したいのに、大きくて半分も飲み込むことができない。

「一生懸命俺のを舐めてくれてる初輝さん、すごく可愛い」

拙《つたな》い口淫を施す初輝の頬を、和臣の指がそっとなぞった。褒められれば嬉しくなって、初輝は根元を手で撫でさすりながら、目だけを上向けて和臣を見つめる。

「きもち、ひ……？」

「うん、気持ちいい。裏側を舌全体で舐めてもらうことできます？」

「ん」

言われたとおりにぺろぺろ舐めると、和臣の肉杭が脈打つように震えた。感じてもらえた喜びに、初輝の中心も熱く張ってしまう。

　初輝は堪らず尻を高く上げると、もじもじと太股を擦り合わせた。腰をくねらせるたびに尻尾型のチャームが揺れ、内壁に刺さったプラグに微かな振動が加わる。

「尻尾振って悦んで、初輝さん、本物の犬みたいですね」

　顎のラインから首までを指でくすぐられ、酒に酔ったようなふわふわした心地になった。初輝は夢中になって和臣の雄を舐めしゃぶり、指を巻きつけて何度も扱いた。大きく口を開けたせいで唾液が垂れ、和臣の欲望や初輝の唇を汚していく。

「んッ……そろそろ出ますよ」

　熱っぽい呻き声を漏らした和臣が、初輝の頭をぽんぽんと撫でて口を離すよう促した。けれど初輝はとても離れる気になれず、いやいやと小さく頭を振る。

「……口に出してもいいの？」

　どこか獰猛さを秘めた声にゾクリとした。初輝は返事をする代わりに和臣をより深く飲み込み、愛撫する手の動きを速める。頭上で和臣がわずかに息をつめたと思ったら、唐突に腰を前後に揺らされた。初輝の口腔を陵辱《りょうじょく》するように太い雄が出入りする。

「んふっ、ぐ、んぅっ」

　喉のほうまで性器が届き、初輝は息苦しさに眉を寄せた。けれど上顎を擦られる刺激は奇妙な快楽をも生み出す。己の中心が痛いほど張りつめるのを感じた。

「はッ……、初輝さん……！」

和臣の太股に力が入ったと思ったら、口の奥に熱い体液が溢れた。喉のほうへ流れ込むそれに、初輝は堪らず口を離しむせ返る。

「げほっ……、は、けほっ」

「……っ、ごめんなさい、大丈夫ですか？」

床に腕をついて咳《せ》き込む初輝に、和臣がはっとした様子で腕を伸ばしてきた。初輝の肩を抱いて上体を起こさせた和臣は、なにかに気づいて動きを止める。

「かず、おみ……くん。も、これ、きつい……」

腹の上で手を結んだ初輝は、アナルプラグが刺さった尻を床につけ、震える膝を大きく開いた。天を仰ぐ性器は爆発寸前まで張りつめ、おびただしい量の先走りで陰茎をいやらしく濡らしていた。

唐突に伸びてきた足が、初輝の勃起した雄を踏んだ。痛めつけるためというよりも、足の裏全体を擦りつけるような動きだった。

「あァッ！」

突然の激しい刺激に、初輝は高い声をあげて身を捩る。すると今度はリードを引かれ、強制的に上体を前に戻された。土踏まずを使ってぐりぐりと愛撫され、強すぎる快感から逃げることもできない。

閃光《せんこう》のような快楽が体の中心を駆けたと思ったら、脳にたどり着いた瞬間勢い良く弾けた。初輝は床に座り込んだままビクビクと全身を震わせる。性器からこぼれた白濁は和臣の足を汚し、初輝の太股に垂れた。

「あ……、……」

呆然とする初輝の前に屈み込み、和臣は脇の下に腕を差し入れて初輝を抱き上げた。壊れ物を扱うかのような慎重さでベッドに仰向けにさせると、初輝に膝を立てるよう促し、はめ込まれていたアナルプラグを引き抜いてくれる。

一度射精したはずの和臣だが、彼の中心は力を失うことなく、いまだ上向いていた。それは初輝も同じで、強烈な絶頂を味わったはずなのに、性器はちっとも萎える気配がない。

（……どうしよう）

Ｓｕｂに変異した自分をすべて受け入れていたはずなのに、Ｎｅｕｔｒａｌのときからあまりに大きく変化した性癖に、今さらながら戸惑った。その一瞬の沈黙で和臣はなにか察したように唇を結ぶ。

「初輝さん、怖い？」

「え？」

脈絡のない問いかけに首を傾げれば、和臣はすぐに「いえ」と目をそらした。初輝のこめかみにキスをしてから、枕元に置いてあったコンドームを手に取り、勃起した性器に被せていく。

「優しくしますね」

もうすでに十分甘やかされているのに、和臣はそう言って初輝の脚を割り開いた。後孔に宛てがわれた欲望が、初輝の内側に飲み込まれていく。

初輝の中が自分を受け入れていると分かると、和臣は慎重に腰を揺らし始めた。初輝の弱い場所に照準を合わせ、出っ張った部分で何度も擦る。馴染みのある快感に、繋がった箇所がどろどろに溶けていくような錯覚に陥った。

「あっ、ん、んっ、ん……」

おしゃぶりを求める赤子のように初輝は指先を口に含み、シーツに頬を寄せて悦がった。

「はあ……っ、初輝さんの中、熱くて気持ちいい……」

和臣も感嘆の声を漏らし、上体を倒して初輝を抱き竦める。汗をまとった裸の体が、しっとりと馴染んで心地好い。初輝を存分に甘やかすための、優しいセックスだと思った。

和臣の背中に腕を回して抱き返したのち、初輝はその手をおもむろに腰の位置まで下ろした。初輝の中へ出入りする控えめな動きを手のひらで感じ取る。シーツの波の上でたゆたうように身を揺らされながら、初輝は高い天井をぼんやりと見つめた。

「和臣、くん……待って」

ぽつりと制止の言葉を漏らす初輝に、戸惑った様子で和臣が動きを止めた。上体を起こして初輝の様子をうかがう。

「痛いところでもありました？　すみません、俺、気づかなくて」

「ううん、そうじゃなくて」

心配そうに表情を曇らせる和臣に、初輝は眉を下げて困ったように笑った。

初輝について和臣は、他人ばかり優先するお人好しだと語る。けれど初輝から見れば、和臣のほうこそいつだって初輝を優先してばかりだ。

結合を解くよう促した初輝は、ベッドにうつ伏せに転がると、膝を折り曲げて臀部《でんぶ》を突き出す姿勢を取った。「Ｃｒａｗｌ」のコマンドを与えられたときと同じように。

困惑した様子の和臣に、初輝は肩越しに振り返った。

「和臣くんの、全部挿れてほしい。俺の体の、奥深いところまで」

初輝の言わんとすることを察したらしく、和臣の表情がぎこちなくなる。何度か体を繋げた際も、和臣は初輝の体に負担がかからないよう、根元まで埋めきることはしなかった。初輝が確実に気持ち良くなれる場所だけ刺激していた。

「俺、怖くないよ。和臣くんのことも、和臣くんとするプレイで、自分の体が変わっていくことも」

和臣がいつも初輝に足並みを揃えてくれたから、初輝は和臣の手に導かれながらも、決して不安を抱かない速度で進むことができた。今度は二人がちょうど心地好くなれるペースで歩んでいきたい。だって自分たちは、心を預け合う対等なパートナーなのだから。

初輝は目尻を赤らめながらも、右手の人差し指と薬指で後孔を広げ、中央に中指を差し入れた。オイルを塗り込まれた蕾は、初輝の指を飲み込んでくちゅりと音を立てる。

「和臣くんが気持ちいいことは、俺も全部気持ちいいから。だって、和臣くんがそう躾けたんでしょう？」

言いながら照れくさくなってしまい、最後はついはにかんでしまった。和臣を誘いたいのに、色気に欠ける自分ではどうにもうまくいかない。

けれど初輝の言動に和臣は眉間に皺を刻み、ガシガシと黒髪を掻き回した。

「だから……、どうやったらそう俺の理性をぶち壊すような殺し文句ばかり吐けるんだよ！」

苛立った様子で声を荒げた和臣は、初輝の腰を力強くつかみ、猛《たけ》った雄を一気に最奥へ突き立てた。

「あッ……！」

強い光を浴びたかのように目の前がちかちかしたと思ったら、初輝の中心からぴゅるっと白濁が飛び出した。欲を強引に押し出されるような不意打ちの絶頂に目眩がする。

ベッドに腕をついてなんとか体を支えた初輝は、和臣の手を取って精液で濡れる自身に触れさせた。

「ほら、気持ちいいって言ったでしょ……？」

達したことを手のひらに教えて微笑めば、和臣がカッと目を見開いた。初輝の腰を抱き直すと、理性の糸が切れた様子でガツガツと腰をぶつけてくる。これまでの和臣にはない乱暴な抽挿に、初輝は背中をしならせて身悶えた。

「あァッ！　ひぁっ、あんっ！　あっ、ぁんッ」

自分の体を使って、和臣が気持ち良くなっている。そう思うとひどく欲情して、初輝の唇からは発情期の獣みたいな嬌声が漏れた。蕩けきった肉を目がけて、和臣は額から汗を垂らしながら一心不乱に雄を突き立ててくる。

「すげえ声出てんな……、ぐちゃぐちゃにされんの興奮する？」

苦しげに顔を歪めて笑う和臣の恐ろしいほどの色気に、初輝は見惚れてしまって目が離せない。

「あっ、あっ、するっ、興奮するッ、きもちっ、きもちぃ……っ！」

もはや腕を伸ばしていることもできず、初輝は上体をベッドに伏せ、和臣にされるがまま揺さぶられた。顔を横向けているせいで唇の端から唾液が垂れ、シルクのシーツを濡らす。太股の間で揺れる反り返った性器からは、和臣に中を突かれるたびにたらたらと透明な体液を漏らしていた。

和臣は汗で張りつく黒髪を掻き上げると、初輝の腰の下に腕を回し強引に四つん這いの姿勢に戻した。初輝の首元から垂れたリードをつかみ、暴れる飼い犬を引き寄せるかのように短く持ち直す。初輝が逃げを打てない状態にして、和臣はぐぐっと深くまで楔《くさび》を打ち込む。

最奥だと思っていた場所からさらに奥へ、蓋をこじ開けられるようにして亀頭をねじ込まれ、初輝はぶるりと身震いをした。

「ぁ……ッ、ひ……っ！」

声にならない声が唇から漏れる。深すぎる挿入に本能的な恐れが湧くが、一方で、勃起した欲望の中心からはとろりと白い体液がこぼれた。

怖い、けれど気持ちいい。首元に牙を当てられた草食獣が脳内麻薬を分泌するのと同じように、自分を支配する獰猛な王を肩越しに見ながら、初輝は甘美な愉悦に浸されて何度か身を痙攣させた。そのたびに粗相をするみたいに精液が垂れる。

恥ずかしくて、でも恥ずかしいのが気持ち良くて、訳も分からず初輝はぽろぽろと涙をこぼした。すすり泣きながらも震える手で結合部に触れれば、和臣の腰骨がぴたりと臀部にくっついていて、和臣がすべて埋めきったのだと悟る。

(俺の全部を今、和臣くんに許してるんだ)

身も心も、初輝自身ですら触れることもできない場所まで、すべて。

そう思うとなんとも言えない感動が胸の奥に広がり、深すぎる挿入の圧迫感が唐突に和らいだ。度数の高い酒を飲んだときのような、ふわっと浮き上がるような酩酊《めいてい》感に支配され、初輝はベッドにくたりと崩れる。

「は……、ぁ、……ひんっ……」

感じすぎてもはや意味を成す言葉を口にすることができない。愛しい男を受け入れるための雌《めす》となった蕾は、じゅぷじゅぷと淫猥な音を立てて和臣の肉杭を食らった。性器から様々な体液が絶えず漏れるせいで、腰の下に当たる部分のシーツはぐっしょりと濡れている。

どこにたどり着けば絶頂で、どこを過ぎれば絶頂ではなくなるのか、初輝にはもう分からなかった。脳がバグを起こしたみたいに、ただずっと気持ちいい。頬を上気させた初輝は、恍惚とした表情で和臣に身を任せる。

「初輝さん、Ｓｕｂ《サブ》　ｓｐａｃｅ《スペース》に入ってんじゃないですか……」

初輝の変化を察した和臣が、手の甲で汗を拭いつつこぼした。さぶすぺーす、と陶然とした心地の中で繰り返し、そういえば病院からもらったパンフレットに載っていたなと初輝は思い出す。確か、Ｄｏｍに完全に支配されている……という安心感から発現するトリップ状態のことだ。

ふわふわした心地で身を投げ出す初輝に、和臣が体を重ね後ろから抱き竦めた。初輝の首筋に顔を埋めた和臣は、低い呻き声を漏らし腰を震わせる。初輝の中へ埋め込んだまま達したらしい。

下肢を繋げたまましばし動けないでいた和臣だが、やがてのろのろと体を起こし結合を解いた。初輝の横顔を言葉もなく見つめたのち、躊躇《ためら》いがちに頬に触れる。きっと涙を流した形跡に気づいたのだろう。

初輝のほうもプレイの終了とともに少しずつＳｕｂ　ｓｐａｃｅから通常状態に戻り始め、深呼吸で気持ちを整えながら和臣に視線を返す。

初輝と目が合うと、和臣は苦い笑みを見せた。

「だいぶ無茶させてしまいました。……俺のこと、怖くなってない？」

いくら初輝からの誘いだったとはいえ、さすがにやりすぎたと反省しているのだろう。和臣が気持ちいいことは自分も気持ちいいと伝えたはずなのに、どうにもこのＤｏｍはパートナーに気を遣いすぎるのだ。

悪戯っぽく口角を上げた初輝は、頬にのった手を捕らえると、カラーから垂れたリードをくるりと巻きつけた。自分のものだと言わんばかりに引き寄せ、指先に音を立てて口付ける。

「俺の可愛いＤｏｍのこと、どうやったら嫌いになれるのか分からないな」

ひたむきな愛情を自分に注いでくれる彼がすることなら、自分はなんだって受け入れられる。世界にたった一人の、初輝が心と体を許す相手。

初輝の言葉に和臣はぽかんとして、それからまいったとばかりに歯を覗かせて笑った。

「俺のＳｕｂは男前すぎて困りますね」

屈託のない年下の笑顔に、初輝の胸にまた一本矢が突き刺さったことを、和臣はちっとも分かっていないのだろう。

鈍いのはお互い様だと、初輝は自分を守り、慈しんでくれる愛しい手に頬ずりした。


フェミニンなシルエットのブラウスをまとった二十代女性。ユニセックスな細身ラインを着こなす二十代男性。シンプルエレガントなパンツスタイルの三十代女性。株式会社エルアールライトのＥＣ事業部では、今日も様々なテイストのファッションを楽しむ社員が集まる。

ようやく秋ものを着られる時期になったというのに、ＥＣサイトではすでに冬ものアウターの予約販売がスタートしていた。アパレル系ＥＣサイトの商品はとにかく目まぐるしく入れ替わる。

「さーわーだーくーん!? なにこの写真!? いくらエナメル素材だからって、加工しすぎて緑色のミニショルダーに大袈裟なほど艶が出てるんだけど！ カナブンかこれは！」

怒髪天を衝《っ》く、の言葉を表したような形相の平塚に、初輝のみならずＥＣ事業部で働くすべての社員が縮こまった。当の沢田はというと、平塚の横でぎこちない笑みを浮かべ、わざとらしく頭を掻いて見せる。

「ええっと……、お、教えてもらった操作方法をあれこれ試してるうちについテンションが上がっちゃって、色々盛った結果というか」

「商品画像の補正は、より実物の色味に近いように調整することに重点を置くの！　現物とは別物の画像を作り上げることが目的じゃないの！」

　もちろん沢田としては良かれと思ってやったのだろうが、どう考えても平塚の意見が正しいのでフォローのしようがない。そもそも新野が極力自然に近い色合いで撮影してくれているので、商品画像に関してはあれこれ試してみる必要などないのだ。

　平塚の終業時刻が近づく中、仲裁に入るべきかどうか初輝は迷った。狼狽える初輝の肩に、新野がぽんと手を置く。

「倉成主任が気にすることじゃないのよ。たまには沢田くんもガツンと叱られといたほうがいいんだって」

　平塚たちのほうへ顔を向け、新野は腕組みして深々と頷いた。しかし次の瞬間には、横目で初輝を見てにやりと悪戯な笑みを見せる。

「……と、うちの次期社長も言うと思うよ。『初輝さんは他人の心配をしすぎるところがあるから、フォローお願いします』って、経営推進部に戻る前に言ってたもの。まったく、過保護な彼氏ねえ」

　自分の首をつんつんとつつきながら語る新野に、初輝は咄嗟に首筋に手を当てた。もしや昨日のキスマークでも残っていたのか、と慌てるが、考えてみれば首に巻かれたカラーを指していたのだろう。完全に墓穴を掘った、と初輝は赤面する。

和臣のＥＣ事業部での研修が終わり二週間が過ぎた。正式なパートナーとなったことを機に、初輝は平塚と同じく、精神安定を図るため職場にもカラーを身に着けていくようになった。

一体どういうことかと質問攻めに遭《あ》うことまでは想定内だったが、Ｓｕｂに変異したものの今はパートナーができたので体調に問題はない……と伝えた瞬間、その場にいた全員が

「もしかして朝比奈くん!?」

と口を揃えたことには驚いた。パートナー候補としてすぐに名前があがるほど、和臣のアピールとやらは分かりやすかったのだろうか。好意に鈍いという指摘を、そろそろ真剣に受け止めなくては、と初輝は反省した。

沢田に的確かつ容赦ない修正指示を与えた平塚は、定刻になった瞬間保育園に向かうため猛然と荷物をまとめた。つかつかと初輝のもとへやってくると、潜めていながらも鋭さの残る声で告げる。

「沢田くんに加工をやり直すよう伝えてますが、急ぎじゃないので残業させる必要はありません。明日わたしがもう一度補正の仕方を指導するので放置しといていいです」

「りょ、了解」

「あと主任、今日はデートですよね？　周りのことは気にしなくていいので、定時になったらさっさと帰ってくださいね」

「了解です……」

社内恋愛のせいか、なんだかすっかり筒抜けである。逐一照れてしまう初輝に、新野が
「みんな倉成主任が可愛くて仕方ないのよ」

と大笑いした。

平塚の助言どおり定時で仕事を終えた初輝は、出先から直帰するという和臣とコーヒーチェーン店で待ち合わせをした。急いで向かったのだが、今回もやはり和臣が先に着いていた。

黒のスリーピーススーツに青のネクタイを締めた和臣が、二人掛けのソファ席でブラックコーヒーを手にする様は、ファッション雑誌からそのまま飛び出たかのように絵になっている。店内の客もちらちらと和臣に目を向けては、「モデルかな？」「芸能人かなにか？」と囁いていた。

そんな中、一人の女性客が和臣に近づいてきた。スレンダーながら女性らしい体型をした彼女はかなりの美人で、和臣のすぐ横に立ちにこやかに話しかける。

それに対し和臣はソファに座ったまま、いかにも興味がなさそうな顔で最低限の相槌だけ打っていて、既視感のある光景に初輝は苦笑するしかなかった。いずれは会社の顔になるんだから、せめてもう少し愛想良くしてくれ。

ひとまずテイクアウト用のコーヒーをゲットした初輝は、その足で和臣に近づいた。

「お待たせ、和臣くん」

片手を上げて声をかければ、不機嫌そうに唇を結んでいた和臣が、途端に目許を和らげた。女性は

初輝のことを友人かなにかだろうと踏んだらしいが、ソファから立ち上がった和臣が初輝の腰を抱くと、しまったとばかりに慌てて立ち去った。

初輝はホットコーヒーを手に和臣と二人で店をあとにする。和臣の隣に並ぶことで注目を浴びるのもすっかり慣れたものだ。

「和臣くんには相変わらず超絶美人ばかりが寄ってくるね」

「妬《や》きました？」

思ったままを口にすると、和臣はすかさず尋ねてきた。気分を害したかと心配しているわけではなく、どちらかといったら好奇心に近いニュアンスだ。

いつも不機嫌そうにしている、と感じていたのはもう過去の話で、和臣の些細な表情の変化から、初輝は彼の様々な感情を察することができるようになっていた。

「妬いてないよ。和臣くんが美人にナンパされてるのも見慣れたもんだし」

「七歳の女の子に妬いてたのに？」

「あのときとは状況が違うだろ」

和臣の軽口に初輝は苦笑を漏らした。わずか二週間ほど前の出来事が、もう随分と昔のことのように感じられる。

初輝は相変わらず特技らしい特技はないし、和臣が言うほどモテる実感もない。突然第二の性が変化した以外は、平々凡々な日々を送っている。

自分に自信があるから嫉妬をしないなんて、そんなことはとてもじゃないが言えない。——けれど。

「和臣くんに愛されてる自信はあるからさ」

ね？　と隣に目をやれば、和臣は幸せを噛みしめるかのように相好を崩した。和臣が満たされた表情を浮かべると、初輝もまた深い充足感を得る。

自分たちは二人一緒にいることで、ようやく過不足のない状態になるのだ。

「それならこの先もずっと、初輝さんは自信満々でいられますね」

永遠の愛を誓うような気恥ずかしい台詞も、この男であれば不思議と似合う。ごく自然に差し出された手に、初輝も当たり前のように手を重ねた。

初輝の首元では、白い肌に映える赤いカラーが、和臣に所有される喜びを示していた。

あとがき

初めまして、もしくはこんにちは。村崎《むささき》 樹《たつる》と申します。樹と書いて「たつる」と読む、ルビ必須の名前で……あ、このくだりをご存じの方は前作も読んでくださった方ですね！　どうもありがとうございます。

商業作品二作目となる「年下Ｄｏｍ《ドム》の溺愛コマンド」は、〈商業ＢＬで流行り始めたＤｏｍ／Ｓｕｂ《サブ》ユニバースを、とっつきやすいテイストで書く〉をテーマに、わたしから担当編集様にご提案したお話です。ケモミミを生やしてみたりグルメ系職業にしてみたりとプロットの段階で試行錯誤し、最終的には現代ベース・アパレル系・ツンデレ年下次期社長×平凡お人好《よ》し上司・プレイ時は溺愛な王道ハッピーラブコメという形に収まりました。

このツンデレ年下×平凡お人好しという組み合わせがわたしは大好物でして！　普段は強気な態度で迫る攻めが、不意打ちで年下っぽい一面を見せる瞬間は、筆舌に尽くしがたいときめきに満ちていると思うのです。攻めの分かりやすい好意を「あのハイスペック男が自分のような普通の奴を恋愛対象になんてしないだろう」などとスルーする平凡受けにもニヤニヤしてしまうたちなので、今作は終始楽しく書いておりました。

途中までケモミミＤｏｍ／Ｓｕｂのプロットを練《ね》っていたためか、和臣《かずおみ》は一貫してジャ

あとがき

ーマン・シェパード・ドッグのイメージがあります。初輝《はっき》は作中ではゴールデン・レトリバーの尻尾を生やしていましたが、和臣との身長差を考えるとウェルシュ・コーギーかな！　自覚がないまま口説かれることの多い初輝ですが、今は和臣が手綱《たづな》を握っている（いろんな意味で）ので、本人も気づかぬうちに悪い虫を叩《たた》き落としてくれることでしょう。

　亜樹良《あきら》のりかず先生には、わたしの妄想を具現化したようなイメージぴったりの初輝と和臣を描いていただきました。二人とも格好良いと可愛《かわい》いが絶妙に両立していて、いただいたイラストを毎日眺めてはうっとりしています。どうもありがとうございました。

　担当編集Ｔ様には今作も大変お世話になりました！　執筆中はＴ様の「拝読するのが楽しみです！」というお言葉に支えられていました。

　最後に、頭に殻を被ったひよっこ作家の小説を手に取ってくださった皆様へ、心より感謝を申し上げます。前作のようなシリアスも、今作のようなラブコメもどちらも楽しく書いているのですが、「またシリアスも読みたいよ！」「ラブコメも結構似合ってるよ！」等々、お声を聞かせていただけましたら幸いです。作中の沢田《さわだ》氏なみに単純なので、尻尾をブンブン振って喜びます。

　それでは、またどこかでお会いする機会があることを祈りまして。

二〇二一年七月　村崎樹

LYNX ROMANCE

小説原稿募集

リンクスロマンスではオリジナル作品の原稿を随時募集いたします。

募集作品

リンクスロマンスの読者を対象にした商業誌未発表のオリジナル作品。
（商業誌未発表のオリジナル作品であれば、同人誌・サイト発表作も受付可）

募集要項

<応募資格>

年齢・性別・プロ・アマ問いません。

<原稿枚数>

４５文字×１７行（１枚）の縦書き原稿、２００枚以上２４０枚以内。
※印刷形式は自由。ただしＡ４用紙を使用のこと。
※手書き、感熱紙不可。
※原稿には必ずノンブル（通し番号）を入れてください。

<応募上の注意>

◆原稿の１枚目には、作品のタイトル、ペンネーム、住所、氏名、年齢、電話番号、メールアドレス、投稿（掲載）歴を添付してください。
◆２枚目には、作品のあらすじ（４００字～８００字程度）を添付してください。
◆未完の作品（続きものなど）、他誌との二重投稿作品は受付不可です。
◆原稿は返却いたしませんので、必要な方はコピー等の控えをお取りください。
◆１作品につき、ひとつの封筒でご応募ください。

<採用のお知らせ>

◆採用の場合のみ、原稿到着後６カ月以内に編集部よりご連絡いたします。
◆優れた作品は、リンクスロマンスより発行させていただきます。
原稿料は、当社既定の印税でのお支払いになります。
◆選考に関するお電話やメールでのお問い合わせはご遠慮ください。

宛先

〒151-0051
東京都渋谷区千駄ヶ谷４−９−７
株式会社　幻冬舎コミックス
「リンクスロマンス　小説原稿募集」係

この本を読んでの
ご意見・ご感想を
お寄せ下さい。

〒151-0051
東京都渋谷区千駄ヶ谷4-9-7
(株)幻冬舎コミックス　リンクス編集部
「村《むら》崎《さき》 樹《たつる》先生」係／「亜《あ》樹《き》良《ら》のりかず先生」係

リンクス ロマンス

年下Domの溺愛コマンド

2021年9月30日　第1刷発行

著者……………村《むら》崎《さき》 樹《たつる》
発行人…………石原正康
発行元…………株式会社　幻冬舎コミックス
〒151-0051　東京都渋谷区千駄ヶ谷4-9-7
TEL 03-5411-6431（編集）
発売元…………株式会社　幻冬舎
〒151-0051　東京都渋谷区千駄ヶ谷4-9-7
TEL 03-5411-6222（営業）
振替00120-8-767643
印刷・製本所…株式会社　光邦
検印廃止

ISBN978-4-344-84930-3 C0293
Printed in Japan

幻冬舎コミックスホームページ　https://www.gentosha-comics.net

本作品はフィクションです。実在の人物・団体・事件などには関係ありません。